U0928977

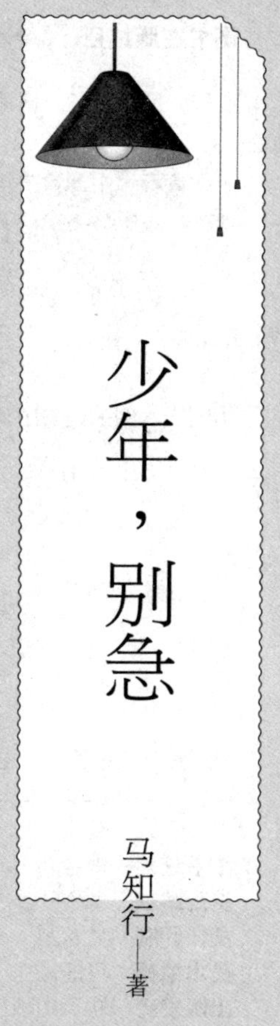

少年，别急

马知行——著

中国大百科全书出版社 知识出版社

图书在版编目（CIP）数据

少年，别急 / 马知行著 .-- 北京：知识出版社，2021.3

（致青春 · 中国青少年成长书系）

ISBN 978-7-5215-0321-0

Ⅰ. ①少… Ⅱ. ①马… Ⅲ. ①小说集—中国—当代 Ⅳ. ① I247. 7

中国版本图书馆 CIP 数据核字（2021）第 027691 号

少年，别急　　**马知行　著**

出 版 人	姜钦云
图书统筹	朱金叶
责任编辑	朱金叶
责任印制	吴永星
美术编辑	马任驰
出版发行	知识出版社
地　　址	北京市西城区阜成门北大街 17 号
邮　　编	100037
网　　址	http://www.ecph.com.cn
电　　话	010-88390659
印　　刷	三河市人民印务有限公司
开　　本	660 毫米 ×930 毫米 1/16
字　　数	130 千字
印　　张	11
版　　次	2021 年 3 月第 1 版
印　　次	2025 年 1 月第 2 次印刷
书　　号	ISBN 978-7-5215-0321-0
定　　价	39. 80 元

目录 Contents

第一辑　猎鹰

第二辑　猎人笔记

第三辑　虚影

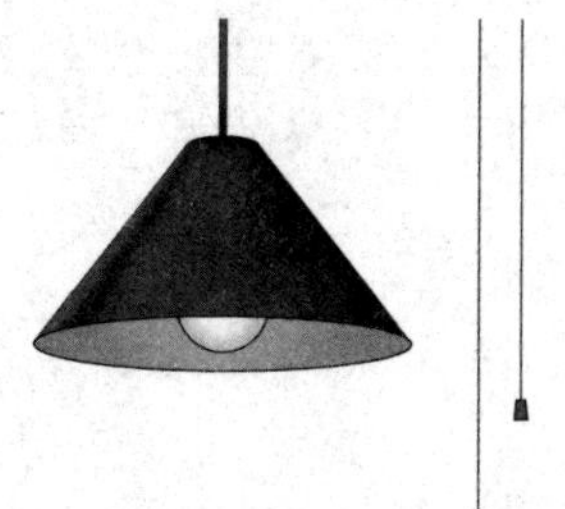

第四辑　拉绳开关

第一辑

猎鹰

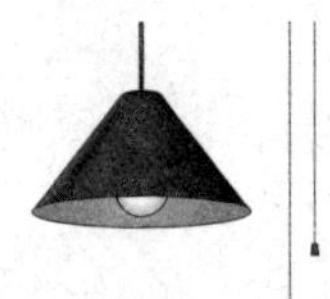

豺狼恋歌

卡鲁迪亚豺群在豺王卢克的率领下，到珍宝江寻找猎物。

卡鲁迪亚豺群，是卡鲁平原上最大的豺群，光是大公豺，就有20多只。不久前，卢克打败老豺王塞拉，登上了豺王宝座。

珍宝江是这一带有名的大河，因为产鱼丰富，所以被当地的人们称为“珍宝江”，意为有宝贝的大河。每逢春季，珍宝江就会迎来涨潮期，水流湍急，许多鱼类都会因为承受不住潮起潮落，在水流的拐弯处被甩到岸上。

豺群就守在岸边，等着捡便宜——只要有鱼冲上岸，豺们会一拥而上，毫不费力地将冲上岸的活鱼吞下肚去，大饱口福。不知从哪代豺王开始，涨潮期去珍宝江已经成为一种习惯。

卢克领着豺群来到江边，岸上果然有不少被河水冲上岸的鱼。几匹小豺没有等它发起命令，就迫不及待地跑到岸边，卢克也不生气——捉鱼对年龄小的豺来说，既是有趣的游戏，也是锻炼捕食技巧的好机会。

一匹小豺可能没见过这阵势，它用爪子轻轻碰了碰一条鱼，鱼受了惊吓，拼尽全身力量乱蹦，鱼尾在小豺的脸上重重地拍了一下，把小豺吓得夹着尾巴跑开了。

卢克径直走向一条最大、最肥的草鱼——它是豺王，应该享受最好的待遇，吃最好的食物。

每匹豺都领到了自己的食物，趴在沙滩上，边享受着阳光边吃着美食。

豺群在珍宝江停留了足足五个小时，每匹豺都吃得肚皮圆滚滚的，宛若怀孕的母豺。

“嗷！”一声凄厉的豺啸打破了豺群的平静。

整个豺群笼罩着不安。卢克最先蹦起来，寻找尖叫声的源头。

一团黑影从容地走了出来，卢克难以置信，瞪大了双眼——那是凯拉！卡迪迦那狼群的现任狼王！

那黑影果真是一匹大公狼，它的嘴里叼着一匹小豺的尸首——正是那匹离群的小豺，小豺已经断气了，但是眼睛仍瞪得溜圆。可怜的小豺，还没长多大，就死在了狼的嘴里。母豺们看着死去的小豺，都紧紧地护着自己的孩子。

“嗷！”一匹母豺撕心裂肺地尖叫——它是小豺的母亲。母豺眼中充满了痛苦、愤怒与悔恨，它向凯拉冲去——要为孩子报仇，就算牺牲自己，它也要和狼王同归于尽！

母豺眼看就要冲到狼王面前，另一匹大公狼突然从草丛中一跃而起，像一道闪电，丝毫不差地咬住了母豺的脖子，喉管断裂的声音传来……

卢克已经忍无可忍了！

卡鲁迪亚豺群和卡迪迦那狼群本来就有过节。那是一个严冬的夜晚，卡鲁迪亚豺群已经三天没吃东西，为了活命，冒险狩猎一头公野牛，先后有三匹大公豺葬身于牛蹄下。

正当豺群准备分食牛肉时，凯拉带领着卡迪迦那狼群出现了，狼群以力量和数量上的绝对优势，打败了豺群，抢走了牛肉；更过分的是，凯拉竟然当着豺群的面，咬死了卢克的爱妻。今天，它再次害死了一匹小豺和一匹母豺！就算战死，也要报仇雪恨！

“嗷！”卢克发出了进攻信号，早已蓄势待发的大公豺们，一起飞奔，冲向狼群，与狼们厮杀起来。

卢克则与凯拉单打独斗。

从体型上看，凯拉明显比卢克高半个肩胛，力量上完全可以压制它，而且论当首领的经验，凯拉也要比卢克丰富许多。战斗刚开始，凯拉明显处于上风，卢克完全处于挨打的状态。

一匹母狼，偷偷钻进灌木丛，瞅准卢克抵御凯拉攻击的空档，猛地冲了上去，一口咬住卢克的后腿，凯拉顺势一个大转身，准确无误地叼住了卢克的喉管……

两匹狼，配合得天衣无缝！豺王卢克死了！

卡鲁迪亚豺群乱成了一锅粥，四散逃离——豺王死了，代表着豺群没有了主心骨，现在的卡鲁迪亚豺群，不过是一盘散沙。

凯拉向群狼发出继续进攻的信号，狼们兴奋起来，纷纷追赶着四散的豺。

狼群的“二把手”——大公狼蔡迪，盯上了一匹年轻母豺，一直追赶着它不放。

母豺名叫奈亚，年轻貌美，还没有生过孩子，但蔡迪可不会在意这些，在它的意识里，没有“怜香惜玉”存在，更没有“同情”二字。

奈亚很无奈，只能不停地逃命，把所有豺能使出的蒙骗手段全试了个遍，可这匹公狼仿佛打了鸡血，紧追着自己不放，它甚至已经能听见这公狼急促的喘息声了。

奈亚拐了一个弯，蔡迪跟着拐弯，奈亚猛然发现——前面只有湍急的河水，进退维谷，该怎么办?

如果落到公狼的嘴里，奈亚肯定没救了；奈亚来不及多想，纵身一跃，水中炸出一朵漂亮的水花。

蔡迪只顾着穷追母豺了，没有发现前方的珍宝江，瞬间也跟着掉了下去。

奈亚不断地挣扎，拼命把头伸出水面，它感到无法呼吸，努力地伸出爪子，企图在两旁的石壁上找到可以抓握的地方。可水流速度实在太快了，它伸出去的爪子，在粗糙的石壁上划出了一道道印迹，却没有让它停顿片刻。

爪子不行，就用嘴！奈亚张开嘴，想咬住一切能咬的东西，可在水流中，有什么能让它咬?奈亚不但没有咬到任何东西，还往肚里灌下了不少河水。

奈亚已经精疲力竭，无力地挣扎着，水渐渐漫过了它的头顶，它几乎想要放弃活下去的希望。

真是奈亚命不该绝，情况突然出现了转机——一棵巨大的枯木，随河流迎面漂下来。只要能爬到枯木上，奈亚就有救了！潜能往往会在最关键的时刻爆发出来，一点也不会游泳的奈亚，这时竟奇迹般的学会了游泳！它咬着牙，游得很吃力，一边努力与水流抗争，一边等着枯木靠近……

“呼……呼……”奈亚无力地趴在枯木上，大口地喘息。它的力气几乎已经耗尽，只想躺着，舒舒服服地睡上一个安稳觉。

“呕！”一声嚎叫令奈亚懒散地睁开了眼睛——在枯木的左前方，大公狼蔡迪正可怜巴巴地抓着石壁，向它呼救呢。

奈亚惊喜地瞪大了双眼——真没想到这匹公狼也有今天!

原来，蔡迪追赶奈亚，不慎掉下珍宝江后，也是九死一生。狼和豺有着共同的祖先，豺不会游泳，狼也好不到哪儿去。蔡迪在水中不停地扑腾，寻找着“救命稻草”，好不容易在石壁上找到了一处可以抓住的凹槽，在那里停留了好一会儿，现在双爪无力，马上快要支撑不住了。

这时，眼看着奈亚趴在一棵枯树上，逐渐向它漂近，求生的本能让它放下了尊严，向母豺求救。

奈亚看着蔡迪，没有一点想救它的打算——这匹公狼企图杀死自己，害它掉进珍宝江。现在老天爷眷顾自己，给了它救命的“树舟”，现在这厮自食其果了，为什么要救呢？反正自己现在安全了，干脆看着公狼在河中自生自灭，这也是一种乐趣。

河中央出现了水漩涡，蔡迪已经抓不稳石壁了，危在旦夕。它也知道，奈亚是不会来救它的，没有再向奈亚求救。

天色渐渐暗下来，河水中的漩涡慢慢向蔡迪靠近。

不知怎么的，奈亚突然感到一阵心慌。原始本能告诉它，不能让蔡迪死在漩涡中，自己其实也是生死未卜，如果有一匹大公狼和它一起共渡难关，肯定比自己单枪匹马存活概率要大。而且，天黑有个伴，奈亚心里会更安稳。

蔡迪闭上眼睛，等待着死神的到来——它松开了一只爪子——与其这样精疲力竭屈辱地死去，倒不如直接没入水中来得痛痛快快！

事实上，没有像它预想中的那样，瞬间被水流卷走，然后死于河中，而是自己的后颈皮突然被什么东西夹住了。

蔡迪吃力地回过头——是奈亚，奈亚正奋力咬住自己的颈皮！

奈亚趴在枯树的最末端，努力将脖子伸长，并示意公狼赶紧跳上枯树，它自己也快支撑不住了。

蔡迪心里顿时一阵感动，仿佛奈亚就是自己的亲人。

终于，蔡迪再次呼吸到了新鲜空气，它努力支起身子，将身上的水珠甩掉，被水打湿的狼毛，又重新舒展开来，使得蔡迪的体型增大了不少，露出一股雄性的魅力与野性的奔放。

奈亚目不转睛地看着蔡迪。

蔡迪突然走到它身边，侧身躺下，将自己最致命的肚皮，袒露在奈亚的面前——这是狼和豺社会通用的肢体语言，代表弱者向强者屈服。

一阵风吹过，冷飕飕的。奈亚打了个激灵，瑟瑟发抖，它浑身是水。蔡迪立刻爬起来，将身体贴近奈亚，用体温帮助它取暖。

蔡迪舒展的狼毛，吸附着奈亚身上的水珠，半个身子湿透了，但它却没有动，忍受着春夜的寒风。

一狼一豺，像一对初恋的情人，就这样紧贴着身体沉沉睡去……

2015年6月10日、2015年6月17日发表于《深圳青少年报》·中学周刊

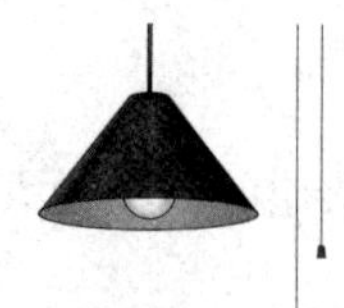

狼王岭

狼王雷克焦急地在雪地上徘徊，妻子吉娜默默地跟在它身后。离它们不远处，还有一大群饿极了的狼。

都是这鬼天气惹的祸!

连续几天，天气极度寒冷，麦卡狼群竟然连续三天没有捕获到猎物，每匹狼肚皮都快要贴到了脊梁骨了。一匹老狼饿得受不了，去啃食树皮，狼本是食肉动物，根本不能消化植物，它嚼了嚼树皮，又无奈地吐了出来。

这时，突然飘来一阵肉香，无精打采的狼群仿佛打了兴奋剂，一个个眼珠子发亮，有好几匹大公狼恨不得不等狼王的命令，就要立刻冲出藏身之处。

不远处，一群豺正在撕扯一只刚刚断气的黑斑羚，几匹公豺头上的毛都被温热的血染红了。能在这么恶劣的天气里捉住一只黑斑羚，这群豺真是交了好运。

麦卡狼群趴在一旁的灌木丛里，看着豺们吃肉，个个眼睛瞪得溜溜圆，只等雷克一声令下，二十多匹饿狼就会立刻冲上去，抢下那只黑斑羚，它们今天就能开荤了。

雷克却迟迟没有做出决定。

雷克虽然也饿，但它知道，以麦卡狼群现在的实力，不可能与刚刚饱餐一顿的豺群抗衡。豺的数量很多，还有很多身强力壮的大公豺，特别是那匹独眼公豺，大概是首领，身型比狼小不了多少，在豺群中尤为显眼。

雷克在犹豫，身边的几匹大公狼瞪着它——这是一种逼迫，如果它再不发号施令，那它们就会把它从王位上赶下来。雷克咽了咽口水，它明白，如果失去了这顿“大餐”，体质最弱的小狼和老狼将会最先暴毙。

“呜——嗷——”雷克一声狼啸，发出了进攻信号，刹那间，狼群立刻从灌木丛中冲了出去，与豺撕咬在一起。

雷克与独眼公豺在黑斑羚的尸体旁厮打，凭着力量和体型优势，雷克占了上风，可是毕竟已经三天没有进食，雷克的体力渐渐不支，独眼公豺却越战越勇。

独眼公豺一个猛扑，将雷克侧压在身下。雷克知道，自己最为致命的颈动脉，此时已经一览无遗地暴露在独眼公豺的嘴下，只要独眼公豺将尖利的犬牙放在它的脖子上，再一合拢，它的一生就走到尽头了。

独眼公豺以迅雷不及掩耳之势向雷克颈部咬去……就在利齿即将碰到雷克的一刹那，一团紫色旋风撞飞了独眼公豺。

雷克定睛一看，独眼公豺已被撞出两米开外，从地上狼狈地爬起来，嘴里衔着一只狼爪！吉娜躺在地上，左前爪早已不翼而飞，血液喷涌而出，将雪地染成一片鲜红。

原来，吉娜正在和豺搏斗，发现雷克处境非常危险，就狂奔过来，用身体撞开独眼公豺，而独眼公豺也在瞬间咬断了它的左前爪。

雷克要给妻子报仇！吉娜拼命靠近，小声对它说道：“你现在最重要的是带着狼群赶快走！”

雷克如梦初醒，它环顾四周，狼群已经被几十匹豺围攻，快支撑不住了。雷克怒视着独眼公豺，不情愿地发出撤退的信号。

纷纷扬扬的雪花，扯絮般从天空飘落，温度开始下降了。狼群饥寒交迫，别说斑羚肉了，连毛都没碰到一根。

雷克领着狼群在雪地中艰难前进。吉娜越来越虚弱，她断爪伤口处血没有止住，在雪地上拉出一条长长的红色痕迹。

雷克察觉到，别的狼看吉娜的眼神渐渐有些不正常，甚至有几匹狼跟在身后，舔食地上的狼血。

狼有同类相食的习性。它们已经三天没有吃过东西了，又在刚才的战斗中消耗了大量的体力，早就饿得眼睛发绿。见吉娜受了致命伤，所有的狼都将吉娜当作一只猎物，就等它精疲力尽后，一拥而上，将吉娜撕成碎片。

雷克知道它们的想法，它向那些舔食狼血的狼厉声警告：“别想打吉娜的主意，我不会放弃她的！”

麦卡狼群走到一个叫作“秃鹫岭”的地方，山上经常盘旋着许多秃鹫，“秃鹫岭”因此得名。两个月前，也是闹大饥荒时，麦卡狼群曾在这里捡到三只死秃鹫。

吉娜再也走不动了，躺在地上，大口地喘息。几匹狼企图靠近吉娜，雷克毫不客气地将他们咬了回去。

雪越下越大，温度越来越低，吉娜冻得瑟瑟发抖，雷克躺下来，贴近吉娜，用体温帮她取暖。

忽然，一匹公狼走到它面前，雷克感到很奇怪。“狼王啊，您是那么的英勇、高大、雄伟，您的牙齿可以咬断牛的骨头；您的爪子可以抓烂熊的皮肤；您的四腿可以跑出豹的速度……”

雷克感到很诧异——它说这些干什么?

公狼继续:"您是一个英明的领导,您不会希望我们饿死在这山岭上吧?那些小狼,他们还没有长大呢,就要死在这里……请您为了麦卡狼群将来的繁荣昌盛,将您那奄奄一息的妻子交给我们,我们不会让她感受到痛苦,我们会记住她……"

这家伙一定是狼群推举出来的代表!

"够了!"雷克打断了公狼,"我绝不会把妻子给你们的!我绝不出卖她!"

软的不吃,就来硬的!狼群迅速包围了雷克和吉娜,狼们磨着牙齿,发出威胁性的叫声——"你赶快走开,不然我们会把你一起给收拾了!"

雷克没有丝毫畏惧,它舔了舔吉娜的脸,站起身来,直视狼群,狼们感到前所未有的恐惧——在它们的印象中,雷克从未像此刻这么坚定,这么高大!

几匹胆小的狼,转身逃跑了,剩下的狼继续和雷克对峙。就这样,它们整整僵持了半个小时。狼群突然像斗败的公鸡,原本竖起来的毛发都缩了回去……

狼群离开了秃鹫岭,没有再回头看一眼雷克和吉娜。雷克知道:狼群散了!遗弃它们了!狼群不会再回来了!

雷克没有丝毫后悔,转身回到吉娜身边,紧紧地贴近吉娜,继续用体温帮吉娜取暖;见吉娜的毛有些乱,雷克伸出粗糙的舌头,帮吉娜梳理……

两星期后,天气有所好转。

麦卡狼群再次回到"秃鹫岭",在雪地里发现了两匹狼——雷克和吉娜。它们心脏早已停止跳动,已经冻僵的身体保持着生前的姿势——吉娜依偎在雷克的怀里,双眼轻松地闭合,仿佛在做一个美梦；雷克身体紧挨吉娜，一只前爪搭在吉娜身上，双目依然明亮，眼中流露出柔情和对生命的渴望……乍看上去，仿佛还生龙活虎的，难怪，特别喜食腐尸的秃鹫也没有看出端倪。

狼们不由自主地围着雷克和吉娜转圈，雪地上，留下了一串串深深的印迹；一匹公狼带头撒了一泡尿，狼们纷纷配合，在一大片山地周围留下了气味标记。

从此，麦卡狼群将“秃鹫岭”改名为“狼王岭”，作为它们新的领地，终身守护着它。

原载于《意林》（少年版）2014年第15期、《学语文之友》（初中版）2014年第09期

狼 啸

布鲁斯不知道该怎么选择，是为狼群引开人类，还是为保住自己的性命，立刻逃跑。

布鲁斯是卡迪迦那狼群的上一任首领。卡迪迦那狼群是这片草原上最强盛的狼群之一，布鲁斯更是狼群历任首领中，经验最丰富的，同时也是担任首领时间最久的。

当它看见这一批人来到草原后，立刻感到不妙，正当它准备带着狼群远离这些猎人时，却爆发了一场“夺权之战”。

向它发起挑战的，是地位仅次于它的大公狼奈特。卡迪迦那狼群自古传下来的规矩：首领要是被其他公狼打败，就必须离开狼群。狼们都知道这意味着什么——狼本是群居动物，如果离开了狼群的庇护，失去了团体力量，轻则饿死，重则被其他动物吃掉。

“夺权之战”不可避免地发生了。

布鲁斯是一只极有经验的狼，并不跟奈特硬拼。一开始，奈特明显处于下风，可是布鲁斯毕竟太过年老，体力根本不能和正处于黄金时期的奈特相比，几个回合下来，布鲁斯已经明显吃不消了，而奈特却越战越勇……奈特最终打败了布鲁斯，成为卡迪迦那狼群的新首领。

刚坐上首领宝座的奈特，立刻对着布鲁斯咆哮，恶狠狠的狼啸表示驱赶，布鲁斯很知趣地离开了狼群。

这批猎人盯上了卡迪迦那狼群，最近已经有好几只大公狼倒在他们的“霰弹枪”下，奈特对此十分担心——自己从来没有碰上过类似情况，不知道该怎么办。

奈特已经几次带领着狼群转移，想甩掉他们，可是这些猎人就像幽灵一般，它们跑到哪儿，猎人就追到哪儿。

猎人的进攻开始了，狼们在奈特的带领下拼命逃跑。不知道跑了多久，也不知道跑了多远，令它们没有想到的是，前面竟是深不见底的悬崖……奈特知道，卡迪迦那狼群已经完了！

猎人们正到处追踪消失的狼群，忽然后方传来一声雄浑而又低沉的狼啸，不远处，一匹狼正在奔跑，速度有些慢，显然是一只老狼，猎人断定狼群已绕开他们，打了个“迂回战”，于是迅速操起武器，朝老狼方向追赶过去……

布鲁斯其实并没有离开，它一直远远地跟在猎人后面，关注着狼群的一切——布鲁斯知道，以卡迪迦那狼群现在的数量，是根本不可能逃脱得了人类手中的猎枪的。它了解人类，知道他们不会轻易放弃，在人类的世界里，狼的毛皮价值不菲，人类会为了拿到狼皮不惜一切手段。“我年纪已经大了，活不了几年了，可那些小狼，它们还没长大，作为狼群的一员，我有义务保护它们！”布鲁斯非常清楚它这样做的后果，但仍然决定为狼类引开猎人。

布鲁斯！是布鲁斯！奈特如梦初醒，这位曾经的首领，这个被自己赶走的同胞，关键时刻选择了引开人类，为狼群赢得了一线生机。奈特突然感觉到自己是那么的渺小！

在猎人和布鲁斯消失于地平线的那一瞬间，奈特和其他的狼，仰天长啸，用它们独特的嗓音，为布鲁斯——它们曾经的老首领送行，那凄厉的狼啸，在草原的上空，久久回荡……

原载于《四川文学》（校园版）2014年第02期、《学语文之友》（初中版）2014年第06期

猎　鹰

引子

美丽神奇而又残酷的大自然，每天都在上演着“弱肉强食”的故事，这是每个物种都必须遵守的生存法则。博尔特森林里，老鹰、蛇都是变色龙的天敌。弱小的变色龙亚马逊的父母兄弟姐妹均不幸遇难。亚马逊立志要为父母报仇——猎鹰！它一路坎坷，九死一生……

一

盛夏。

靠近南部海域的尼泊尔群岛上，有一片博尔特森林。这片资源丰富的森林为各类生物打下了坚实的生存基础。此时正值炎热的午后，阳光透过森林的树冠，在飘满落叶的地上留下了斑斑碎影。动物们正在享受着午后阳光的惬意。

这时，从一棵高大的树上传来一丝微弱的声

响，“嘶——嘶——”

一只变色龙趴在一根粗壮的枝干上，他伪装得很好，和周围的环境都完美地融为一体。它叫亚马逊，雄性变色龙。

亚马逊待在这里可不是为了休息，而是为了躲避自己的天敌——蛇。“嘶——”发出声音的是一条全身碧绿的青蛇。

它的鳞片略带透明，看来是刚蜕皮，身体十分虚弱，急需补充热量。它在变色龙的上方，并没有发现“猎物”。

青蛇不住地伸出它那细长的粉红色小舌头，捕捉猎物的气味。

机智的亚马逊，独自生活在这棵树上。以前不是这样的，他有父母，还有许多兄弟姐妹，他们快快乐乐地生活在一起。可就在一年前，这个幸福美满的变色龙家庭遭受了灭顶之灾。

亚马逊的家在一个树洞里，爸爸妈妈忙活着外出捕食，很少在家。亚马逊是最晚破壳而出的，身体不如哥哥姐姐们强壮，因此总是受他们的欺负。它的父母每次一见到亚马逊受欺负，就立刻上前去阻止兄弟姐妹的“恶行”，并用爪子轻抚亚马逊的后背，安慰它。

一个气候宜人的下午，爸爸妈妈外出捕食回来，带给亚马逊一只飞蛾。力气最大的哥哥巴图想捉弄一下亚马逊，趁它不注意，用嘴将一整只飞蛾囫囵吞枣地咽了下去。看着孩子们嬉闹着，如此健康活泼，爸爸妈妈真高兴。

正当亚马逊准备领取下一份食物，一个巨大的黑影突然俯冲下来，以惊人的速度停在了洞口的树枝上，刹那间妈妈就被一股巨大的力量带出了树洞。爸爸这时才看清，对手原来是一只鹰！

鹰是变色龙的天敌之一，它的视力极好，喙如钢铁般坚硬，鹰爪极其锋利。这是一只年轻力壮的鹰。

妈妈被抓在鹰爪中，向爸爸呼救。爸爸看看吓坏了的小变色龙，又看了看鹰爪中的妈妈，毅然纵身一跃，在空中划过一道美丽的弧线，向鹰扑去。

爸爸伸出了自己不是很锋利的爪子，向鹰眼刺去……鹰显然没有料到变色龙有这么大的胆量，想躲开攻击，却为时已晚——它的眼睛被刺穿了。

变色龙爸爸戳瞎了鹰的眼睛后，迅速扭转身体，靠近抓着变色龙妈妈的鹰爪，张开大嘴，用尽力气，向鹰爪咬去……

随着一声脆响，鹰爪像根折断的树枝一样——骨头已经脱臼了。鹰疼痛难忍，只得放开变色龙妈妈。

小变色龙惊恐地看着这场惊心动魄的搏斗。

鹰刚从瞎眼的痛苦中脱出身来，现在又被咬断了一根爪子，气得七窍生烟，用另一只爪子向变色龙爸爸抓去。变色龙爸爸救出了妈妈，自己却被鹰爪紧紧抓住。

妈妈和爸爸用牙齿拼命咬这只该死的鹰爪。可老鹰并没有就此善罢甘休，它拼命地甩动着自己的爪子，那根折断的爪子也因剧烈地晃动直接脱离了身体。老鹰强忍着剧痛，仍在用力甩着双爪。

爸爸因为虚脱，从鹰爪上掉了下去，变色龙妈妈看着自己的丈夫，又转眼看了看孩子们，随着变色龙爸爸一起向深不见底的树下摔了下去……

老鹰元气大伤，歪歪扭扭地飞走了。

兄弟姐妹们趴在洞口，呆呆地望着树底，而亚马逊则看着那只落荒而逃的鹰，心里反复念叨：瞎了一只左眼、右脚断了一根爪子，我一定会找你报仇的。

亚马逊回忆起这些往事，悲伤地闭上了双眼，而此时，危险还没有过去……

二

青蛇正准备离开，却被一只小变色龙吸引。

这只变色龙看来是刚出“道”，还没有学会防范天敌的本领，没有注意周围的环境，也并没有时刻保持着保护色。直到厄运临头，一张巨大的、臭烘烘的蛇嘴伸到头上它才反应过来。可是已经迟了，蛇牙已经将致命的毒液注入他的身体，刚才还活蹦乱跳的小变色龙开始抽搐，转眼间，便成了青蛇的腹中餐。

青蛇缓慢地爬行，搜索着食物。忽然，空中传来了一阵阵令它陶醉的“香气”——亚马逊的气味！

青蛇顺着气味源头慢慢地爬去，果然发现了一只体色深黑的变色龙。

亚马逊的思绪还停留在对往事的回忆中，对即将到来的危险全然不知。

青蛇张开大嘴，将蛇牙和牙床全部暴露了出来，做好了攻击准备。不知是凑巧还是怎么的，一只“独角仙”忽然飞了过来，稳稳地落在了亚马逊身上。

亚马逊吓了一跳，从回忆中清醒过来。它朝前方一看，差点把魂吓掉——一条青蛇正张着大嘴，准备扑过来！

亚马逊的脑子里顿时一片空白，只想逃，逃得越远越好！

可亚马逊知道，要是它移动，青蛇就会立马扑过来。而且就算躲过了，变色龙远没有蛇类行动速度快，单凭速度，它肯定比不过青蛇。但它有一个优势——可以360度旋转的眼睛，既能让它观察敌情，又能让它选择好逃跑线路。

亚马逊用一只眼睛死死盯着青蛇的那张血盆大口，另一只眼睛则暗暗关注身后的路线和高高的树枝。忽然，它想到一个办法：我可不可以用舌头黏住树枝，让自己随着舌头的反弹力“飞”到高一点的树枝上去呢？

理论上来说，这个方法是完全可行的。因为变色龙的舌头是身体的两倍多长，而且有极强的黏性，只要力量足够，亚马逊完全可以“飞”上去。

可是这样做会不会有什么危险呢？亚马逊想。再看看那条青蛇，已经定位好了亚马逊的方位，蓄势待发，只要出击，亚马逊完全躲避不及。

千钧一发，亚马逊只有放手一搏了！它瞄准了稍高一点的树枝，舌头已经蓄满了能量。万事俱备，只欠东风！

果然，耐不住性子的青蛇抢先一步攻击了，难道亚马逊就要命丧蛇口了吗？当然不是，亚马逊所想的“东风”，其实就是青蛇发动攻击的时候。

原来亚马逊观察到身后不远处有一个分开的树杈，大小正好能将青蛇卡进去。要是它的“计谋”不出差错，在青蛇发起攻击之际，它猛然起跳，青蛇肯定来不及躲闪，蛇头就会卡进去，困住它一段时间，亚马逊就可以趁机逃走了。

然而，亚马逊把这一切想得太过美好了。就在它起跳的时候，才发现青蛇根本不是在进行攻击。青蛇看见亚马逊如此沉着冷静，觉得它可能有什么阴谋诡计，就虚晃一招，想看看它的把戏。

这样一来，亚马逊的计谋完全暴露了。青蛇的确是愣了一下，可是紧接着它变得非常愤怒——自己居然让一只初出茅庐的变色龙小子耍了！青蛇气得够呛。

趴在树杈上的亚马逊没有灰心于计划落空——它在选择树枝实施计划时，早就考虑过了，这个树枝的高度正好是它舌头的极限长度，也刚好高于青蛇直立起来的身体，就算它没有中“计”，青蛇也不可能吃到它。

亚马逊掉转头，向树冠爬去。可谁知青蛇从下面那根树枝上爬了上来——青蛇刚蜕完皮，不能耗费太多力气，所以它只能半直立着身子。其实，如果它完全直立起来，是比这根树枝高的。

亚马逊认为自己已经险里脱生了，可刚爬上来的青蛇一下子就将它缠绕了起来，将它勒住。

亚马逊对这招再熟悉不过，这是蛇类的招数——将猎物缠起来，然后慢慢地收紧，使其窒息致死。当年，它那身强力壮的哥哥巴图就是死于这一招的。

爸爸以前教过亚马逊，如果被蛇勒住，绝对不能挣扎，要不然会越勒越紧。爸爸还告诉过它：蛇的鳞甲很厚，凭变色龙那并不尖锐的牙齿，是不可能咬穿的。蛇的唯一弱点是身体的“七寸”，只要用嘴死死地咬住那里，蛇就很难置你于死地。

亚马逊记住了爸爸说的话，没想到这会儿真派上了用场。它用力地咬住青蛇的“七寸”。青蛇顿时感到呼吸困难、头晕脑涨，好像整个世界都在摇晃……

最终，力不从心的青蛇只得放开亚马逊，在这场变色龙与青蛇的对决中，以亚马逊获胜落下帷幕。

自己竟然打败了一条蛇！这让亚马逊高兴了好长时间，更坚定了它面对困难迎难而上的信心。

三

亚马逊伸了个懒腰，慢慢地爬出洞口。

今天已经是被青蛇袭击后的第十五天，它一直没怎么出门。和青蛇搏斗，亚马逊丧失了很多体力，舌头也不小心扎进了一根小木刺，没有以前那么灵活。但它最终还是从精疲力尽中慢慢恢复了，又和两个星期前一样活蹦乱跳。

它在静静地等候着猎物的降临——一只莽撞的蚕蛾歪歪扭扭地飞到了一片深棕色树叶上，雪白的体色和深棕色形成了强烈反差，亚马逊很快就发现了它，可亚马逊并没有马上下手。

一片“树叶”动了起来，缓缓地向那只冒失的蚕蛾移动。

原来，并不只有亚马逊盯上了这只蚕蛾，还有一个掠食者——一只枯叶螳螂，也看见了它。可惜螳螂没有看见与周围环境融为一体的亚马逊。

蚕蛾正趴在叶子上休息，螳螂则从蚕蛾的背面慢慢靠近，亚马逊就在一旁的树杈上观看这一切。移动到距离蚕蛾不到三厘米的地方时，螳螂突然站立不动了——这暗示着螳螂准备攻击。

亚马逊打算在旁边等着，只要螳螂一抓到蚕蛾，它就会用舌头将螳螂和蚕蛾一起卷到嘴里，一箭双雕。

螳螂正准备出击，突然一个东西闪过，只在空中留下了一个影子。螳螂的攻击停止了，它还没看清是怎么回事，刚才还在它面前的那只蚕蛾，已消失得无影无踪！

转眼间，刚才还在张望着空荡荡叶子的枯叶螳螂，也被卷走了。

一旁的亚马逊，大吃一惊，是什么东西突然闪过？速度太快了！它如梦初醒，这样快的速度，在这热带雨林里，除了同类还有谁能达到？

要知道，因为变色龙捍卫领地的意识非常强烈，如果树上有第二只变色龙，这棵树上必定会发生一场大战。换句话说，一棵树上只能出现一只变色龙。

刚才的进攻速度太快了，就连拥有极好视力的亚马逊也没看清，对手一定非常强大！想到这，亚马逊惊出一身冷汗。

亚马逊惊魂未定，从一旁茂密的树叶丛里大摇大摆走出一只身材高大的雄性变色龙。这只变色龙体型彪悍，爪子十分锋利，还有尖利的牙齿，唯一美中不足的是，瞎了一只右眼，那只眼睛暗淡无光，基本功能全废了，真正是一只“独眼龙”。

独眼的后面，又出现了一个身影，亚马逊还以为是另一只雄性变色龙，定睛一看，原来这是只体型娇小的雌性变色龙。

这只变色龙和独眼有着天壤之别——眼睛如小河一样，清澈见底，眼神还透着温柔，与众不同的是，眼珠是蓝色的，身姿也是漂亮得不得了，在变色龙种族中称得上是公主级别，叫它“蓝眼公主”很合适。

亚马逊看着蓝眼公主的眼睛，快要陶醉了，但是独眼粗犷的警告将它拉回了现实。看着亚马逊对蓝眼公主那火辣的目光，独眼气得一阵阵吼叫。蓝眼公主用头轻轻地安抚着独眼，它们俩应该是夫妻。

以前，父亲在的时候，其他的侵略者根本不敢靠近这棵大树。父亲在这片丛林里的变色龙圈子中远近闻名，是最强壮、帅气的雄性变色龙。许多入侵者一看见父亲高大魁梧的身影，就吓得屁滚尿流，马上逃跑了。

要不是那只老鹰，他们一家子现在肯定快快乐乐地生活在一起！亚马逊又一次想起了爸爸妈妈和兄弟姐妹，还有那只该死的鹰。它越想越心痛，越想越气愤。

其实，独眼和蓝眼公主只是想在这棵树上寻找点吃的。它们早听说过这棵树上居住着一只高大魁梧的变色龙，可是它们饿极了。这次只是到这棵大树上来碰碰运气，同时也想会会这位“帅哥”。

可谁知一来到这里，就看见了一只飞蛾和一只枯叶螳螂。独眼原本和亚马逊想的一样，准备一箭双雕，可蓝眼公主没有看准时机，心急火燎地伸出舌头来，只抓了一只飞蛾。眼看螳螂要逃跑了，独眼才伸出舌头抓住了它。

现在看来，这棵树上有“高大魁梧的变色龙”的流言只是个传说，守候这棵树的，其实只是一个“毛头小子”。

一不做二不休，既然这棵树上只有一只小变色龙，为什么不霸占这棵有着丰富资源的宝树呢？独眼想。

独眼对亚马逊发出了“战书”。这是绝对不公平的竞争，亚马逊实在咽不下这口气，但它不得不接受独眼的挑战。

变色龙移动的速度不快，肉搏的话肯定是不可行的。所以它们决定用“撞头”格斗：两方都用头撞击对方，哪一方先坚持不住，就算失败。

亚马逊准备好，用头向前撞去。独眼一看就是身经百战的变色龙，不慌不忙地闪开，然后又用头顶的一个凸起部位，向亚马逊的脖子撞去；亚马逊是第一次和同类对战，并没有料到它有这一招，来不及躲闪，被独眼撞了个正着，差点失去平衡摔下树去。

接着，独眼发起了连续攻击，亚马逊并没有见识过这些招数，一直以正面防御为主，可它最终还是没能防住独眼的密集攻击，腹部被戳了一下，生生地疼。

亚马逊咬着牙，继续忍痛作战。独眼看亚马逊只有招架之功，毫无还手之力，突然向前猛冲，亚马逊学着独眼刚才的招数，往它的脖子上撞。可独眼更高明，趁亚马逊将头往后仰，正准备撞向它的脖子时，迅速一甩头，将身体斜倾的亚马逊用力地撞了一下。

亚马逊根本就不知道它会来这一招，半个身体都被撞下树去，只剩下两只前爪死死地抠住树皮。

独眼看着亚马逊，抬起一只前爪，狠狠地向亚马逊的左爪子踩去，亚马逊立刻感到一阵剧痛，被迫松开了左前爪。

亚马逊危在旦夕，它看着蓝眼公主，渴望能从它那里得到一点帮助。可是蓝眼公主不但没有帮助它，还抬起一只前爪，将它的右爪子踩在脚下。原来它表面上美丽，心却如毒蝎，也一直算计着怎么对付亚马逊。

亚马逊的两只前爪都松开了，开始从高高的树冠上往下摔落，它最后看到的是独眼和蓝眼公主那充满藐视的目光……

四

此时对于亚马逊来说十分危险，因为它正从十米的高空往下坠落。

亚马逊真恨自己的鲁莽，要不是轻易接受独眼的挑战，自己很有可能不会从家中被赶出来，也就不会掉下树冠了。但如果不是独眼霸占自己的家园，它也不会发现自己鲁莽这一缺点；可现在又有什么用呢？亚马逊这样胡乱地想着，慢慢地闭上了自己的眼睛，准备迎接死神的到来。

亚马逊还在往下坠落，风呼呼地在耳边叫，它的头感觉到一阵眩晕。突然，有一个东西抵挡了自己落体的冲力，这东西挺柔软的，还很有韧性。亚马逊不知道，这是一片大大的香蕉叶，正是这片叶子起了缓冲作用，救了它的性命。然而这个软东西仍然没有挡住亚马逊，它还在往下掉……

亚马逊已经精疲力尽，它还是努力地睁开沉重的眼皮，看了看周围的环境，它看见了一生中最无法忘却的景象：一棵棵矮小而粗壮的树木在这片森林里拔地而起，应该是下了一场小雨，每棵植物上都挂着一颗颗明亮的珍珠。地面，很多的小动物在东奔西跑。

亚马逊的眼皮好像变得有千斤重，用多大的力气也睁不开。它的最后一丝气力仿佛已经用完，心里默默地想：我现在目睹了许多变色龙一生都无法看到的神奇景象，就算是这么死了，此生也无悔了，况且，爸爸妈妈也是这么掉下树去的。

想到爸爸妈妈，亚马逊心里越发惭愧和伤心。当初爸爸和妈妈为了保护这一窝小变色龙，跳下树去，它们宁愿牺牲自己的性命，也要保护自己的孩子们。

可是，他们的孩子们，有的被蛇吃掉，有的被鸟叼走，最后一位幸存者居然是和爸爸妈妈一样的死法……

亚马逊立下毒誓要为父母报仇，还没有找到那只鹰，现在还没有完成自己的使命，怎么能死呢？想到这里，亚马逊猛然一惊，不由自主地伸出两只爪子，想尽力勾住一根树枝，哪怕是一根救命的小草也好啊，可事实就是这么可悲：亚马逊从十米高的树上摔下来，除了那片香蕉叶，根本没有其他植物！

亚马逊坠落到地面，完全失去了知觉，昏死过去。而此时，在它身边，有一个身影正在不停地忙碌着……

不知道过了多久，大难不死的亚马逊终于从昏睡中醒来，发现自己在一个十分隐蔽的小山洞里，躺在一堆枯叶上。

亚马逊伸了个懒腰，爬出洞穴，洞外的景象让它大吃一惊——到处都是绿色！以前在树上，亚马逊要是稍没抓稳，就有可能从绿色的树叶上摔落下来。亚马逊产生了一个幻觉：它把所有绿色的地方都视为安全地带。可这里大片都是绿色，在亚马逊看来，这片绿地都是安全的。

它试探性地向前一步，发现没有危险后，立刻在草坪上爬来爬去，累了，就侧身躺在草坪中央，但眼睛始终警觉地观察着周围的一切。

突然，亚马逊想起来：我明明是从树上摔下来了，怎么会直接落到山洞里呢？想到这里，它惊出了一身冷汗：这附近，肯定还有其他动物存在。

亚马逊立刻翻转身来，用可以360度转动的双眼警惕地搜索着可疑目标。突然，从它右上方的草丛中传来了一阵“窸窸窣窣”的声音，一个瘦小而灵活的身影很快出现在亚马逊眼前。

亚马逊立刻将身子变为最鲜艳、最深的红色，表示自己并不怕对方。等到那东西走近了，亚马逊才看清——原来是一只鬣蜥。

鬣蜥是蜥蜴的一种，活动非常灵活，很久很久以前，它们和变色龙是远房亲戚。

这只鬣蜥用肢体语言表达了自己并没有恶意，亚马逊又仔细地看了看它，发现这只鬣蜥的头上有一大块皮肤呈红色，就叫它红顶吧！

亚马逊并不笨，原来红顶是自己的救命恩人啊！亚马逊初次来到地面，对这里的情况很不熟悉。它向红顶表达了谢意后，问了红顶很多关于地面世界的问题。

当问起红顶为什么要救它性命时，红顶黯然神伤，给亚马逊讲起了往事。

原来红顶从小失去了父母，一整窝小鬣蜥，就只有它一个活了下来，是一只可怜的鬣蜥孤儿。有一次，红顶在找东西充饥时，不慎被一条鼓腹巨奎发现了，它那时还小，只能奋力逃命。在它即将被这条鼓腹巨奎吃掉时，一只体型十分巨大的变色龙冲上来，用嘴咬住了这条毒蛇的七寸，红顶才幸而存活。

后来，那只变色龙收留了这个孤儿，变色龙成了红顶的义父，并将红顶抚养大，也教会了它很多生存技能和知识。而这次红顶单独外出，就是义父给它布置的实战演练任务。

亚马逊一听，在这儿居然还有一位同类存在，这真是莫大的安慰，立刻请求红顶带自己前去寻找它的义父。实战演练任务正好完成，红顶爽快地答应了亚马逊的请求。

五

红顶和亚马逊一起前往红顶的住所，一路上有说有笑，一起怀念着自己过去的经历。

对于亚马逊来说，地上的一切都是那么陌生和新鲜。每一只昆虫飞过，每一声鸟儿的鸣叫，只要有一点风吹草动，亚马逊的反应都异常强烈，仿佛这些声音都会对它造成伤害。

而红顶却自由自在，它原本就是生活在地面上的蜥蜴种类，对这一切，早就习惯了。

它们来到一片名叫美丽沼泽的地方，这片沼泽就和它的名字一样，环境异常优美——沼泽边上生长着一大片薰衣草，成排的柳树；成群的小动物在附近自由自在地奔跑；水面上探出来两条小鱼……简直可以称为动物的天堂！

要是亚马逊观察得再仔细一点，它就会发现，这个所谓的天堂实际上是个危险地带，是令小动物们生不如死的地狱。

那些自由自在奔跑的小动物，都是这附近的居民，它们一看见美丽沼泽，就会马上停下来，绕道而行。

薰衣草围绕着美丽沼泽的两岸生长，这说明只有美丽沼泽的两旁才能让植物生根发芽。而那两条探出头来的小鱼，其实也不是鱼，而是两栖动物——鳄鱼用来观察猎物的两只小眼睛！

红顶经常来这里闯荡，对这里的情况早已了如指掌，可是刚从树上下来的亚马逊有点马虎，没有认真观察，仅仅注意到了美丽沼泽美好的一面。

亚马逊第一次路过美丽沼泽，马上就被美丽的风景深深地吸引了。它不知不觉走到了沼泽的边缘，但它并不知道，只要它再向前走一步，马上就会掉入深不见底的沼泽，成为鳄鱼的点心。

红顶在前面带路，全然没有注意到亚马逊正站在美丽的沼泽旁。那两条“小鱼”看见了在沼泽边缘徘徊的亚马逊，正慢慢地向亚马逊游来。

亚马逊的眼神不差，注意到了那两条“小鱼”在向它靠近，可它却没有马上逃跑，而是用那双大眼睛好奇地打量着这两条“小鱼”。孤陋寡闻的亚马逊哪里知道那不是可爱的鱼，而是嗜杀成性的鳄！

红顶的身后，传来一声巨响，原来，一根枯死的树枝被猴子踩断，掉落下来了。在森林里，这属于正常现象。

红顶猛一回头，还以为是遇到了天敌，原来是虚惊一场。而他再将目光转向美丽沼泽时，它的心凉了大半截——它看见亚马逊正好奇地打量着两只鳄鱼的眼睛！

红顶发出一阵刺耳的叫声，它想提醒亚马逊赶快离开。

树上动物和地上动物表达情感的声音是不一样的，亚马逊搞了半天都没弄明白红顶想表达什么。此时，那条鳄鱼已经将整个头露出了水面，准备发起最后的攻击了。而亚马逊仍然还面对着红顶，没有注意到身后的情况。

红顶此时真是万分后悔，要不是它在鳄鱼发起进攻前，发出了那声怪里怪气的叫声，亚马逊也不会转过头来看它，也就不会陷入背后受敌的境地。

鳄鱼以迅雷不及掩耳之速度发起了进攻。红顶还在为自己的行为感到后悔，在它看来，亚马逊必死无疑。它痛苦地闭上了眼睛，不愿看这残忍的一幕。

“啪！”鳄鱼的嘴已经完全闭上了，亚马逊也已经……

红顶慢慢地睁开眼睛，它的面前并不是血淋淋的场面，而是一个熟悉的身影——亚马逊！红顶简直不敢相信自己的眼睛，亚马逊真的在它面前！红顶真是太高兴了。

原来，红顶向亚马逊发出警告后，亚马逊从红顶急促的叫声中，感觉到了附近有危险。可是它左看右看都没看到，用可以360度旋转的眼睛往后一看，才发现那两条“小鱼”已经变得无比巨大！亚马逊马上镇定下来，设计好了逃跑路线。它用上次对付青蛇的那一招，在鳄鱼发起攻击时，舌头迅速粘住身旁的小树。它就这样顺利地逃脱了。

红顶对亚马逊佩服得五体投地，不仅仅因为它有厉害的招数，还因为它遇事冷静，懂得如何保护自己。

六

红顶终于带着亚马逊回到了住所。

“房子”十分巧妙——洞口的上方有很大一片草地，杂草已经将入口处完全遮掩了，如果不是红顶扒开那些草，亚马逊根本发现不了这个洞穴。

洞口的大小正好能够让一只变色龙或蜥蜴通过。洞穴的壁面非常光滑，不光是下面，上方也一样，爬行起来非常舒服，没有一点异样的感觉。

红顶带着亚马逊向洞穴深处爬去，直到出现了一个空间很大的洞穴，它们向一旁的房间走去。

房间里，一只身材高大但略显苍老的变色龙背对着它们。

“红顶，你还带了别人回来吗？”这只变色龙果然不是一般人物，不用转动眼睛，就知道有其它动物进入了房间，它将身子转了过来。

“您好，前辈，我叫亚马逊。”

“很高兴见到你，年轻的亚马逊。”老变色龙的语言中夹杂着些许地面蜥蜴使用的方言，让亚马逊听着有些不习惯。

这只变色龙应该是离开大树很久了。

亚马逊接着问：“你怎么从树上下来的呢？你为什么不回到树上呢？”

老变色龙开始给亚马逊讲述自己的身世。

“当时我是生活在树上的，还有妻子、很多的孩子，我们很快乐地生活在一起。可是有一天，一只鹰突然出现在了我们家的洞口。我和妻子为了孩子与老鹰搏斗，拼尽了全身力量，戳瞎了老鹰的一只眼睛。可后来我从树上掉了下来。当时在空中还有知觉，感觉到在往下坠落的时候，有一个软绵绵的东西将我托了起来，后面就不知道了。

“等我醒来后，发现自己掉到了树下，妻子正被我压在身下，嘴角流出了很多血，胸口还被石头磨破了。我现在才知道当时在空中，是妻子用身体帮我缓解了冲力，我才得以存活。可是妻子因为承受冲力而受了重伤，恐怕会有生命危险……”

亚马逊听着听着，心突然剧烈跳动起来——是的，一定是的，这只变色龙是……是……是我的爸爸！亚马逊终于想了起来，那些记忆再次浮现在它脑海里，可它没有打断爸爸的回忆。

爸爸全然没有发现亚马逊激动的表情，继续讲——

“我在附近找了一块比较松软的泥土，将妻子放在上面。我原本就不是地面的居民，对这里很不熟悉，所以慌乱之中，就随便拔了些草，拿回去嚼烂后涂在妻子伤口部位。

“可能是运气好，我拔的草中正好是有疗伤功效的草药，过了两个小时后，受了重伤的妻子终于醒了过来。

“妻子的前胸，受了很严重的伤，连骨头都可以模模糊糊地看见，左腿也骨折了。人类的骨头骨折了，可以接起来，但是大自然中可没有像人类那样的医生，变色龙的骨头断了就只能自己扛着。

“妻子丧失了生活的信心和希望。我用头轻轻蹭着妻子，看见我没有抛弃它，妻子重新燃起活下去的念头。

“妻子瘫痪了，不能走路，更不能爬树，我们只好待在树下。我们估计，孩子们肯定也被老鹰吃掉了。为了给妻子找吃的，我不得不去寻求别的蜥蜴的帮助。那些善良的蜥蜴，在树下给我们找了许多食物，还为我们找了一个窝。

“有一天，我们外出觅食，突然看见一只小鬣蜥正被一条蛇追赶。眼看那条蛇就要将小鬣蜥吞下去，我冲上去，死死地咬住蛇的七寸。这条蛇奋力挣扎。捆、绑、咬，只要能用的招数都用上了，最后，我将蛇咬成了两截。

“看着小鬣蜥如此可怜，我们又刚失去孩子，于是就收留了它。从此它成为这个家的一员。妻子在家养伤，我们一起外出捕食。

“一天下午，一只獾窜进了我们的洞穴，将贮存下来的食物全部偷走了。连续几天，我们的收获很少，每天平均只能吃到一只蝗虫，都饿着肚子。

“直到有一天，我带着五只蝗虫回到家中，却发现，妻子已经拖着那只断掉的腿，离开了这里——它一定不愿意再拖累我。”

红顶在一旁，忍不住插了一句：“从那天起，义父就变得很少说话……”

亚马逊再也忍不住了，立刻迎了上去，不停地用头轻轻摩擦着爸爸。

爸爸还不知道发生了什么事情，茫然地看着亚马逊。

亚马逊激动地说：“爸爸，我是你的儿子亚马逊！”

“亚马逊！亚马逊！真是你吗？”爸爸被这意外的惊喜，感动得老泪纵横。

爸爸这才想起来，刚才看着孩子那张脸，好像在哪里见过，感觉到有点面熟，可是怎么也不会想到，竟然是自己那个身体柔弱的孩子亚马逊。它一直认为孩子们都已经不在了。

“爸爸，我一直记着那只残害我们全家的鹰，那只瞎了左眼、右脚断了一根爪子的鹰，我一定会找它报仇的。”亚马逊坚定地向爸爸说出了自己的想法。

老变色龙听到儿子这话，欣慰地点了点头。

这对失散多年的父子，终于相见了，它们紧紧地相拥在一起。亚马逊将自己所经历的一切，一五一十地向爸爸讲了一整夜。

七

红顶和亚马逊一起在丛林中捕猎。

忽然，它们的眼前闪过一个白色身影，这东西体型十分庞大，而且移动速度不是一般的快。

亚马逊吃了一惊，以为是什么危险动物——他生活在树上，从没看见过如此快速的白色生物。红顶果然是这里长期生活的居民，显得成熟老练，并没有为此激动。

第一次见到这种生物，不去看看怎么行？亚马逊从灌木丛中探出半个脑袋，好奇地打量着“白影”。这是一只雪兔，对于地面上的居民来说，真是再常见不过了。

雪兔那雪白的身影、通红的眼睛和修长的耳朵，使亚马逊感到万分惊奇。

红顶却在心中默默念叨：现在博尔特森林的生态系统，被人类破坏得太厉害了，以往随处可见的雪兔，如今都难得碰上了……

红顶的思绪被亚马逊的惊叫声打断了——那只刚才还活蹦乱跳的雪兔，瞬间被一只骨瘦如柴的中年云豹捕获。云豹大嚼着可口的大餐，可怜的雪兔，脑袋正好面对着亚马逊。

雪兔死得极度痛苦，已经扭曲、僵化的脸上，圆圆的眼珠仍然鼓得大大的。亚马逊被这情景吓到了，它只能慢慢接受这个残酷的现实。博尔特森林美丽又神奇，但“弱肉强食”的故事随时都在上演……

亚马逊和红顶满载而归：两只肥胖的大蝗虫、一只螽斯、三只蝴蝶和一只巨大的负蝗。

亚马逊和红顶刚把食物放下，爸爸就以迅雷不及掩耳之势，伸着爪子向它俩猛扑过来。亚马逊呆住了，它想不通为什么爸爸会伤害他们。

红顶受过义父的教导，很清楚义父这么做的目的：这是在检验它俩对危险的判断力和反应力。于是，红顶一看见义父扑过来，就不慌不忙地躲开，闪到了一边。亚马逊还在看着爸爸发呆，直到发现红顶不见，才想起自己也要闪开。

如果直接用爬行，肯定比不上爸爸的速度，亚马逊立刻使出自己的“独创招式”——将舌头粘在石壁上，使自己反弹过去，在将要被扑倒的0.1秒内，顺利地躲开了爸爸。

爸爸没有想到亚马逊会这么一招，一分神便撞到了洞穴的壁面上。红顶马上过去，将义父扶了起来。

爸爸对儿子的招式很满意——这个技巧对舌头柔韧度、使用者本身的身体素质和伸缩力度的掌控要求都非常高，就算自己也不一定能做到。而且，这还是亚马逊自己研究出来的，它对这个招数的控制力简直天衣无缝。爸爸对儿子的出色表现充满了自豪。

原本，爸爸是想试试亚马逊的“底子”深不深厚，能不能把家族“独门绝技”传授给它，现在自己亲眼见识了儿子的招数，还有什么犹豫的呢?

爸爸找来一个人类丢弃在草坪上的塑料盆，往里面放了一些草，又加入了一些“清水”，使草被充分浸泡。

红顶瞪大眼睛，爪子在不停地哆嗦，还不由自主地往后退了一步。

亚马逊不知道发生了什么，茫然地盯着红顶那恐惧的神情。它刚从树上下来，对地面的情况几乎是一无所知，难怪它不了解爸爸放进塑料盆的这东西，是怎样令所有生物闻风丧胆。

亚马逊哪里知道，爸爸浸泡在塑料盆里的草，是博尔特森林最可怕、最致命的植物之一——断筋草。

生长在博尔特森林偏北高原上的断筋草，拥有细长的草茎，根部带有微微的紫色，不开花，产汁液。虽有美丽的外表，其毒性却十分猛烈。正如它的名字一样，这种草汁服下去后，会令全身经脉崩溃、断裂、大出血，最终因为失血过多而丧命。

断筋草同时又有阻抗其他毒性的特殊功能。每隔一年，断筋草就会有规律地从叶片尖端产出汁液。可每到断筋草开始产出汁液的季节，也是它们开始大量枯萎的时候，只有少量断筋草能抵抗住风雨存活下来，再加上，即使找到幸存的断筋草，也可能错过了它们产汁的那几天。所以，要找到断筋草的汁液，难上加难。

“爸爸拿那么多断筋草是想干吗？”红顶在心里嘀咕，越发紧张了，“它不会是因为刚才偷袭不成功想不开，要……”

红顶立刻停止了这种幼稚的想法，它了解爸爸，它是不会因为一点小挫折就放弃希望的，再说，爸爸还有红顶和亚马逊啊。

过了一会儿，爸爸将红顶和亚马逊叫到身旁。

亚马逊看着水盆，里面的清水早已被草染成黑色了，它的第一反应就是：这草肯定有毒，不，是有剧毒！

趁着亚马逊和红顶不注意，爸爸走了过去，一下将前爪伸到盆里。红顶和亚马逊都大吃一惊——这不是找死吗？刚想上前阻止，爸爸摇了摇头，表示这样没事。

浸泡了一会儿后，爸爸将爪子取出来。爪子已经被染成了淡紫色，指尖上的一滴“水”，滴落在旁边的草坪上，一大片草立刻就枯萎了。

亚马逊和红顶不禁打了个冷战，这威力太可怕了！

爸爸又将爪子放在一旁的树枝上，树枝竟被腐蚀了，碰上爪子的那一块，慢慢变成了黑色。

它们俩终于明白，爸爸所说的“独门绝技”，就是将断筋草与“水”的混合物，涂抹在爪子上，让爪子短时间内携有剧毒，这时与对手交战，可以给对手致命的一击。

爸爸还告诉它们，要是它们勤奋练习这个招式，到时候，毒性就能永远贮存在爪子里，而且可以随意控制毒量释放的多少。

亚马逊和红顶跃跃欲试，决心一起苦练这个独门“家族绝技”，想各自成为树上和地面的王者。

八

见识了爸爸威力巨大的“毒功”，红顶和亚马逊练功更加勤奋了。

爸爸告诉它们，它俩的年龄和身体都还没有达到可以承受如此强烈毒性的程度，必须经过更多的训练；如果要学会怎样放毒并掌握单次释放毒素的计量，还必须要接触带有剧毒的生物。

机会来了！亚马逊和红顶碰上了一条黑曼巴。

黑曼巴是一种毒蛇，虽然叫黑曼巴，可这种蛇的体色却不怎么黑。它的名字源于它那张可怕的嘴巴，因为每次临死者在它张开嘴巴后，就会看见它口腔里恐怖的黑色。

亚马逊和红顶决定和这条“剧毒生物”一战到底，以提高它们的本领。

红顶果然是身经百战，懂得蛇类的一切弱点和盲点，它凭借着超凡的速度，从蛇的背面偷偷靠近，准备在七寸上给其致命一击。

与变色龙不同的是，鬣蜥不能用舌头捕捉猎物，只能靠速度和牙齿的尖利杀死猎物。红顶的牙齿可以轻易刺穿蛇的鳞甲。

相比红顶的牙齿，亚马逊的牙齿要钝很多。所以，它们必须密切配合。

战斗中，亚马逊不小心被黑曼巴咬了一下。它虽然没有释放出毒液，可留在牙齿表面的微量毒液，已经将亚马逊的一条腿麻痹了。

被注入毒液的亚马逊剧烈运动，这更加快了黑曼巴毒液的散发速度，整只腿已经失去知觉，无法动弹了。

黑曼巴或许是发现了亚马逊不对劲，直奔亚马逊而去。“临死前再拖一只变色龙下水，也值了！”黑曼巴这样想。

亚马逊的腿每动一下都疼痛难忍，它干脆就不动了，趴在地上，丝毫没有感觉到黑曼巴从背后偷袭。

红顶见黑曼巴突然往另一边跑去，感到很奇怪，再一看，才注意到它的目标是亚马逊！红顶立刻狂追黑曼巴。

亚马逊躺在地上，全然不知危险的到来。“啪！”黑曼巴碰到了一块石头，引起了亚马逊的注意，它只有一个念头——逃！

黑曼巴的毒素，已经让亚马逊的后半肢体完全瘫痪，只有前肢可以动。亚马逊没有放弃求生的欲望，用还能运动的两个爪子，努力向前爬去……

等到红顶追上时，黑曼巴已经咬住了亚马逊的另一条后腿。

亚马逊的两条后腿被蛇牙咬出了四个洞，洞洞见血，首先被咬的那条腿，已经有些红肿。

黑曼巴并没有马上离开的意思，正在打量着无法动弹的亚马逊，想想该咬哪个地方。它看了看亚马逊柔软的腹部，又张开了嘴巴，以闪电般的速度向亚马逊的腹部扑去……

可黑曼巴的动作只进行了一半，身体就被什么东西死死拉住，转头一看，那只头上有红斑的鬣蜥用嘴巴紧紧咬住自己的尾巴。

“咔……”红顶抬起头，满眼的愤怒，将黑曼巴的尾骨咬断一节，在嘴里不停地咀嚼，然后将血淋淋的尾尖吐出；黑曼巴尾部森森的白骨清晰可见，血不断地从伤口喷涌而出。

黑曼巴的双眼充满了恐惧，它刚想转过身去，又感到了刺骨的疼痛——红顶又将它的另一节尾骨咬断。那尾骨连在尾巴上，像一株被狂风吹断的小草，不停地摇摆着。

黑曼巴最后的勇气已经完全被瓦解，它使出全身的力量，向前方冲去，企图冲破红顶的包围。

刚逃出一米，黑曼巴突然感到背上变重了，好像有一块大石头压在上面。它艰难地转过蛇头，只见两只被愤怒烧红的眼睛一直盯着它。

红顶顺势一口咬住黑曼巴的七寸，黑曼巴奋力挣扎，张开乌黑的大嘴，想呼吸一点空气。它的尾巴一直不停地乱挥乱打，好几次打在了红顶的背上，红顶忍着剧痛，拼尽全力，死死地咬住黑曼巴的七寸不放。

最终，不断挥舞的蛇尾停止了，黑曼巴的身体软了下来。

红顶一刻也不敢耽误，马上带着昏迷的亚马逊往家赶去……

亚马逊醒了过来，发现自己正躺在用断筋草泡制的药水中，药水发出的味道，让亚马逊有昏昏欲睡的感觉。

红顶守在水盆的旁边，可能是因为太累了，现在正在睡觉。

亚马逊也感到自己有点疲倦，于是从水盆里爬了出来，在一旁的空地上躺下，闭上了眼睛……

九

自从上次亚马逊和红顶侥幸打败了黑曼巴后，爸爸就没有让孩子们为了训练再去接触剧毒的生物了。

红顶心里一直有件事放不下。

亚马逊被它救回来后，已经中毒过深，很难生还了。

可爸爸见到中毒的亚马逊时，却不慌不忙地将亚马逊放进前几天泡制的断筋草水中。亚马逊居然在泡了一个小时后就醒了过来，中毒症状完全消失，这是怎么回事？

另一个房间里，亚马逊此时正站在水盆的中央，闭上眼睛，四只爪子完全泡在冰凉刺骨的水里。爸爸出去之前，叮嘱过它好好练功，现在时间还没到一半呢，它也必须更加努力地练功。

亚马逊站在水中，空气中散发出的气味是如此沉闷、如此致命。就算没有喝到这致命的毒汁，仅这水的气味就足以把它撂倒。普通的变色龙，如果站在它现在的位置，早就倒下了，可亚马逊却像没事似的。

原来，正是黑曼巴毒液流满全身，让亚马逊的身体熟悉了毒液，用断筋草水多次浸泡，在排除亚马逊身体中剧毒的同时，它的身体已经对所有毒液产生了抵抗力。这样一来，亚马逊就可以提前开始下一步训练了！

洞穴外。

茂密的灌木丛中，一只伤痕累累的变色龙正艰难地爬行。它现在很累，几乎每爬一下都要喘好几口气。

它的一只爪子，紧紧抱着一片卷起来的叶子，那叶子里装着一种液体；而这只变色龙的身后，有一个巨大的身影一直在尾随着它。

洞穴外发出嘈杂的声音。亚马逊和红顶意识到出事了，好像预先计划好似的，它们同时向洞外跑去。

爸爸此时正躺在洞口不远处，身上明显多出了好几道伤痕，可抱在手中的叶子卷儿，一刻也没有离开过爪子。

一只獾从灌木丛中跳了出来，四处张望着，当看见正躺在地上喘息的变色龙时，脸上露出了得意的笑容，立刻跑了过去。

老变色龙知道自己活不了啦，抬头仰望着蓝天，又看着家的洞口……

獾，正快速冲向老变色龙。

正在这千钧一发的时刻，亚马逊和红顶一起冲了过来。

亚马逊的四只爪子刚踩过地面，一大片草就瞬间枯萎了。亚马逊刚刚才从装满致命毒液的水盆里出来，爪子上沾满了毒液。

獾见另一只变色龙和鬣蜥冲过来，用不屑的眼光看了看它们，继续向老变色龙冲去。

红顶的奔跑速度，比亚马逊快很多，很快到达了爸爸身边。

亚马逊看见爸爸有红顶照料，便把目标锁定在那只獾上。

獾见亚马逊孤军奋战，调过身来，目标转向亚马逊，它并不知道，此时的选择，有可能会葬送自己性命。

亚马逊和獾扑到一块，开始了你死我活的厮杀。

獾在体型上远远胜过亚马逊，它还拥有尖利的牙齿、发达的肌肉和锋利的爪子。这些都是亚马逊完全无法相比的。

可是，亚马逊身怀“家传绝技”，这样一来就势均力敌了。

亚马逊似乎忘记了自己的爪子上沾有毒液，只是慢悠悠地和獾周旋。

“獾那火爆的脾气，肯定承受不了这样的屈辱，先逗它玩玩儿。”亚马逊心想。

可这只獾也不是普通的獾。也许是上天的安排，它一出生就拥有极好的脾气，好脾气让它知道了什么时候该攻击，什么时候该防御；好脾气也让它在与火爆脾气同类的战斗中，屡战屡胜。

亚马逊与獾周旋了一会儿，见它不仅没有发怒，相反还悠然自得的样子，就装腔作势地摆出了即将进攻的架势。

没想到，这只獾也以同样的招数在试探亚马逊。

双方都被彼此的动作吓了一跳，急忙收回了各自的爪子。甚至有一秒钟，它们都以赞赏的目光，表扬了一下对方，然后又迅速回归到之前怒气冲冲的神情。

一只獾和一只变色龙，就这么各怀心事，僵持着！

亚马逊瞄到了一旁有颗小石子，心中生一计。它慢慢地向那颗小石子靠拢，然后假装不小心踩到小石子滑了一跤，跌倒在一旁，昏了过去。

这只“温柔”的獾，看着滑倒的亚马逊，发出了“欧欧欧”的笑声。嘲笑一番过后，它还站在原位，饶有趣味地看着这只滑稽的变色龙。它早就想到，这只变色龙会耍诈，装死来引诱自己上钩。

亚马逊趴了好一阵，也不见獾上前来。

原来，獾发现了亚马逊的计谋后，立刻改变了主意，向老变色龙冲去。

亚马逊翻过身来，使出全身的力气“奔跑”过去。獾好像早已预料到它的招数，不慌不忙地闪开，伸出一只脚轻轻一拌，亚马逊就摔倒了。

獾看着摔倒在地的亚马逊，不自主地发出阵阵嘲笑声，还神气地将肚皮露出来，对着亚马逊晃来晃去。

亚马逊等的就是这个机会！它猛地一翻身，瞬间伸出自己的爪子，对着獾的心脏部位插了过去……

獾没有躲开，它知道，变色龙那钝得要命的爪子，是不可能对自己造成致命伤害的，顶多是弄点小伤罢了。

亚马逊的嘴角微微上扬，它知道獾显然低估了自己的实力。

还没来得及将爪子拔出，獾就轰然倒地，嘴角吐出一小团白沫，眼睛瞪得溜圆，盯着天空，死不瞑目。

十

亚马逊来到爸爸身边，爸爸靠在红顶身上，全身有很多处伤痕，斑斑血迹清晰可见。

亚马逊立刻问爸爸是怎么被獾追上的。

爸爸看看红顶，又看看亚马逊，看来真相是不可能再隐瞒了。于是，它将埋藏心中已久的事情的来龙去脉，全都说了出来。

亚马逊的每一代祖先都因为不同的原因，曾来过地面，并经过一代代的口传身授，将“家族秘技”传给子孙。

爸爸当时从树上下到地面以后，以为没有了“家族秘技”的继承人，便把红顶当成自己的孩子，准备将此传授给红顶。可是，要想学会这个秘技，必须要有特殊的配方——断筋草产出的汁液。

爸爸收养红顶之时，已经知道断筋草生长在何处，并为传功给红顶做好了准备。可是断筋草和汁液十分稀少，它苦苦寻找了一年，才凑齐了够红顶修炼的分量。偏偏这时，亚马逊又重新出现在自己的面前。用一份断筋草让两个孩子练功，肯定是不够的。

为了让亚马逊和红顶可以一起修炼，爸爸那天瞒着它们，跑出去寻找断筋草，不料在回家的途中，碰上了一只正在寻找猎物的獾，于是就有了后面的一幕。

这下，红顶终于想通了，怪不得爸爸前段时间神色有些怪异，总是不在家，而且看起来十分疲惫。

红顶连忙为爸爸检查伤情。

爸爸的身体被獾抓出了三条不浅的伤痕；左腿的膝盖部分被抓烂了，可以隐约地见到膝盖骨；头部也被獾的爪尖深深划了一道。多亏父亲身体强壮，才支撑到现在，如果是体质较弱的变色龙，可能早就不在这个世上了。

爸爸一瘸一拐地走到水盆旁，前几天泡制的断筋草水，已经开始长虫了。水面还漂浮着几十只小虫遗体。这药水已经不能用来给孩子们修炼了。

它将水盆里的水倒掉后，把晒干的断筋草放进水盆里，再倒入断筋草汁液。断筋草与它的汁液相互作用，形成了一种特殊的液体——时而晶莹透亮，时而略显混浊。

这种液体对接触过毒物的有机体来说，能以毒攻毒，比单纯的断筋草汁液解毒性更好；而对没有接触过毒物的健康有机体，则会释放出剧烈的、无法解除的毒性。

耐毒性很好的亚马逊长时间浸泡在这种液体中，它爪子指甲的性质就会改变；毛细血管旁会生长出一个毒囊，储存这种液体；毒囊连接上爪子的指甲末梢，必要时可以释放出毒液。

但是，这种毒液对黑曼巴、眼镜王蛇、鼓腹巨奎等自身拥有剧毒的蛇类，却没有任何伤害作用。当然，这些蛇类的毒液，对拥有解除毒性功效的肢体，也没有任何效果。

这些独特的功能，正是亚马逊“家族秘技”的特殊之处。

亚马逊的毒功已经修炼得差不多了，而红顶因为有了前期的基础训练，现在也可以开始练了。

爸爸最操心的事快完成了。可是，爸爸的伤因为过于劳累，正在慢慢恶化。虽然亚马逊和红顶无数次的提醒它慢慢调养，但它总以“自己还有疗伤的药水”这个借口安慰它俩。

红顶和亚马逊哪里知道，爸爸已经将汁液全都给了它们。爸爸的身体正在一天天地衰弱，但是它为了让孩子们不担心，将伤口悄悄地遮了起来，还假装出一副伤情好转的表情。

亚马逊和红顶见爸爸的伤势已经没事了，就开始安心训练。

一个月后，红顶的修炼也接近尾声。让它们没想到的是，还没来得及将自己的训练成果展示给爸爸看，爸爸就昏迷了。

红顶刚训练完毕，回房间时，竟发现爸爸倒在地上。

亚马逊还在外面捕猎，回家后才发现出事了，立刻和红顶一起出去找了些草药给爸爸敷上，可还是没有效果。

爸爸躺在一叠叶子上，不停地喘息。被獾咬伤的左腿已经完全化脓，露出了森森白骨；还有一块肉已经完全变黑坏死；头上的伤口流出脓血，几只苍蝇在旁边嗡嗡乱飞。

守在爸爸身旁的亚马逊和红顶，认为自己将疗伤用的汁液用完了，爸爸才会病倒，都为自己的自私而深深自责。

“亚马逊，红顶——”爸爸努力地睁开眼睛，用微弱的声音呼唤它们。

亚马逊和红顶赶紧靠近爸爸。

“你们不要自责，是我有意这么做的，我老了，不中用了，现在留在世上，也只能拖累你们。”

“你们已经掌握了家族秘技，打败那只残害咱们全家的老鹰，是没有问题的，但要记住一定不能欺负弱者。”

红顶和亚马逊记住了爸爸的话，眼泪不约而同地掉了下来。

“亚马逊，”爸爸微微转过头，“有件事我骗了你。”

亚马逊已经泣不成声：“爸爸，您说。”

“其实你妈妈不是离家出走，而是得了一场大病去世了。我把它葬在我们掉下来的那棵树下。我怕你伤心，骗了你。我死以后，你们把我跟它埋在一起。”

爸爸的声音已经慢慢地微弱下来：“红顶，亚马逊，我多希望能看见你们长大，能独当一面的那一天……”

爸爸的心脏停止了跳动，双眼也幸福安详地闭上了。

“爸爸——爸爸——爸爸！”红顶和亚马逊同时扑到爸爸身上，歇斯底里地哭喊着，眼泪喷涌而出……

十一

亚马逊和红顶趴在爸爸的身上，不知道哭了多久。

红顶睁开眼睛，活动了一下身子。它和亚马逊，因爸爸的去世太过悲痛，哭累了，后来居然睡着了！爸爸的容貌还是那么慈祥。

红顶走过去，拍了拍亚马逊的肩，它立刻惊醒了，看到是红顶，心才慢慢平静下来。

亚马逊和红顶轻轻抬着爸爸，来到那棵大树下，它们要遵照爸爸的遗愿，让爸爸妈妈在一起。它们将爸爸的尸体慢慢放入洞中，最后一次看了看爸爸，不舍地将洞掩埋起来。它们对着“坟墓”磕了三个头，站起身来。

红顶转身，正准备往丛林深处走，却发现亚马逊没有跟过来，愣在那里，好像在思考着什么。

终于，亚马逊开口了：“红顶，我想了很久，我还是要回到树上。”

亚马逊又要回到树上去的想法，让红顶很是震惊：“为什么？你在下面不好吗？”

“我以前没有提出回去，是因为爸爸太老了，爬不上树，只能在树下。现在爸爸妈妈都去世了，我也了无牵挂了。”

“那好吧，”红顶说，“那我以后就将家建在这棵树下，你也可以经常下来看望我。”

兄弟俩怀着依依不舍的心情分别了。

亚马逊回到了久别的大树上。从昨天下午到现在，它连一只蚂蚁都没吃到，现在才感觉到肚子饿得咕咕叫。它想到旁边的树杈休息一下。谁知刚过去，还没来得及停下，就听见一声清脆的声响，树杈断成了两截。原来，一根已经腐烂的枯枝，被风一吹就自行断裂了。

看着刚才坠落下去的树枝，亚马逊产生了些后怕，爬行时便更加小心翼翼的了。

终于，筋疲力尽的亚马逊爬到了树冠，休息了好一阵子，它才缓过劲来。家还是原来的样子，一切都是那么熟悉，洞口前的树枝还在，只是又长出了几片新叶。

想起以前的幸福，想起刚刚离开的爸爸，想起那个可恶的瞎眼老鹰，想起自己所经历的那么多事情，亚马逊百感交集。

如今，亚马逊回到树上的第一个想法便是赶走独眼和蓝眼公主，夺回自己的家。当然，不到万不得已，不要伤害同类。

独眼和蓝眼公主不见踪影。

亚马逊小心翼翼地进入树洞。树洞里，散发出恶臭，到处堆放着数以百计的昆虫壳。独眼夫妻把吃剩下的昆虫壳丢在家里，真是太不讲卫生了！再仔细一看，堆积如山的虫壳里，居然还有很多肉！他们竟然不把这些昆虫的肉吃干净，现在都腐臭了，真是太浪费了！

亚马逊一路寻找他们。

独眼和蓝眼公主正趴在洞外的一个角落里，享用捕捉到的美食。见一只变色龙从背后蹿了过来，独眼先是大吃一惊，然后急忙躲开，定睛一看，发现是曾经被自己踢下树去的那个变色龙小子。

亚马逊刚准备动手赶走它们，却发现独眼和蓝眼公主的背后，一个身影猛扑过来。亚马逊愣了一下，还以为是它们找来的帮手，看到独眼那惊讶的神情，它才知道，这是一位不速之客。

这是一只初出茅庐的小鹰，在练习飞行的过程中，看到了独眼和蓝眼公主正在吃东西，就想下来碰碰运气，结果又发现了一只变色龙，心里真是高兴，乐呵呵地直扑下来。

小鹰首先看中了离自己最近的独眼，想一嘴将他啄住，可是独眼也不是等闲之辈，灵活地躲避着小鹰的攻击。

小鹰见在独眼这里捡不到什么便宜，又将目标转向蓝眼公主。鹰嘴已经快碰到蓝眼公主的脑袋了，它还一动不动。独眼立即冲过去，与小鹰搏斗，保护自己的妻子。

独眼与小鹰周旋了一会儿后，感到身体丧失了力量，开始大口喘气。

最终，独眼因为体力不支，眼看就要葬身鹰腹。正在这紧要关头，突然一个身影冲了过来，直接撞上小鹰。这突然袭击，令小鹰身体失去平衡，赶紧用双爪勾住树枝。独眼顺势挣脱了鹰嘴。

撞向小鹰的，正是亚马逊！

原来亚马逊眼看独眼就要被小鹰吃掉，实在于心不忍，便冲了上去，撞倒了它。

小鹰稳住了身体，直接向亚马逊发起攻势。

亚马逊伸出长舌头粘住小鹰的羽毛，准备跳上头顶的树枝，无意中，右爪从小鹰胸前划过。

只见小鹰口吐白沫，趴在树干上，抽搐了几下，很快就没命了。

天啊！这是什么招数啊？独眼惊呆了；蓝眼公主张开的大嘴巴一直都没合拢。“看来这小子在树下学到了不少硬功夫！”它们心想。

独眼慢慢爬起来，回想起自己以前的行为，再想想亚马逊出手相救，它感到无地自容、惭愧不已。它毅然决定，把家还给亚马逊！

亚马逊没想过要杀死小鹰，虽然它痛恨那只瞎眼老鹰。这是不是爸爸说的“欺负弱者”呢？它为自己误杀小鹰，感到十分不安！

独眼带着蓝眼公主，主动爬到亚马逊身边，道完谢，便慢慢离开了。

亚马逊回家了，再次成为这棵大树的主人。

十二

亚马逊花了整整两天时间，认认真真打理自己的家。

红顶还真就把家搬到了这棵大树的底下。亚马逊也时不时下树，去探望红顶。

亚马逊常常会梦到爸爸妈妈，梦中的它们是那么慈祥；天堂没有危险、没有天敌、没有饥饿，每一种动物都和睦相处……

亚马逊常常会在这一刻醒来，迎来美妙的阳光。

独眼和蓝眼公主，也已经有了属于它们自己的新家。当时亚马逊考虑到独眼和蓝眼公主迁出住所后，没有地方居住，所以就在旁边的一棵树上，找了一个十分隐蔽的树洞，送给它们夫妻俩。这树洞，也是爸爸告诉它的，说以后如果没地方住时，就可以来到这棵树上。

独眼和蓝眼公主十分感激亚马逊所做的一切，每隔几天，就给亚马逊送一点昆虫，将功补过，表示歉意。

一切都是那么美好，亚马逊躺在树枝上享受着和煦的阳光。

过于安稳，风平浪静，极有可能是危险的前奏！这就是美丽神奇而又残酷的大自然。

亚马逊身后不远处，趴着一团黑乎乎的物体。亚马逊失手将小鹰杀死后，因为小鹰体重较大，而且伤口有毒，没有独眼的帮助，亚马逊单枪匹马不可能将那么大的东西推下去，小鹰尸体就一直留在那里。

危险正在意想不到的时候悄悄降临。一双锐利的眼睛，正好盯上了亚马逊所在的这根粗壮的树枝，当发现小鹰尸体后，那双眼睛立刻变得狠毒、尖刻，仿佛马上就要将树上的主人撕碎、消灭掉。

突然，这团黑乎乎的物体瞬间飞起来，展开巨大的双翅，用自己全身的力量，快速地在空中盘旋，寻找俯冲的突破口，想立刻到达那棵树。

为什么太阳越来越暗，好像……好像被什么遮住了！亚马逊感到有些不正常，立刻蹦了起来，能在天空中以如此快的速度飞行，能有如此巨大的身躯，只有一种可能——老鹰！

“唰——唰——”，仿佛刮过一阵飓风，那只鹰停在了亚马逊所在的树枝上。亚马逊定睛一看：巨大的身影，瞎了一只眼、断了一根趾头，竟然是那只迫害父母的老鹰！

亚马逊顿时兴奋起来，复仇的火焰让它的眼睛变得通红，可以360度旋转的眼球，这会儿一动不动地死盯住鹰。这真是“踏破铁鞋无觅处，得来全不费功夫”。

老鹰看了看那只倒在树枝上的小鹰，立刻抬起了鹰头，直勾勾地怒视着亚马逊。看着看着，老鹰也想起来了，对了！自己当年就是在这里折断了趾头、弄瞎了眼睛，还有那只变色龙！

仇人相见，分外眼红。亚马逊和老鹰互相死死地瞪着对方。

老鹰的眼神更加恶毒了，失子之痛、断趾瞎眼之仇，今天就一次性算清！

亚马逊眼里充满了怒火，父母兄妹丧生、家庭破败，所有仇怨今天也应该有个了断！

这时，树叶中发出了声响，老鹰和亚马逊一愣，不知道怎么回事。

独眼的脑袋从叶丛里探出来，惊讶地张大了嘴巴，因为它发现：亚马逊和一只老鹰正同时望着自己呢！

“完了，来错地方了！”独眼心里非常后悔。

亚马逊看着独眼，提醒它赶快走；独眼顺势一转身，很快跑得无影无踪了。看到独眼走了，亚马逊马上又转过眼来盯着老鹰，老鹰也同样怒目相视。

突然，老鹰的眼神改变了，目光焦点离开了亚马逊，转到了自己的背后。亚马逊转动眼球，顺着老鹰的目光看了过去——独眼绕到了老鹰身后！

原来，独眼刚才看见亚马逊和老鹰僵持不动，就马上从树上下去，再沿着枝干，向老鹰的后面爬去，准备找机会从后方偷袭，分散老鹰的注意力，让亚马逊有机可乘。

可是，独眼哪里是老鹰的对手，正准备袭击，还没来得及动手，就被老鹰发现了。老鹰一拍翅膀，一股劲风把独眼直接“扇”到了亚马逊身边。

独眼刚站稳，对亚马逊说：“我们一起来对付它！”

亚马逊心里感到一阵温暖：独眼，你果然是我的好兄弟！

独眼大吼一声，冲了上去。可是老鹰的翅膀又宽又大，扇出来的风更猛，独眼还没碰到一根羽毛，就败下阵来。

亚马逊深知这只老鹰的厉害，飞行速度极快，爪子十分尖利，视力非常好，还有硬如铁钩的嘴巴。但是，这家伙也有一个致命的弱点——一只眼睛看不见。亚马逊立刻跑到了老鹰的盲点处，伸出爪子，准备袭击。

老鹰似乎没有察觉到亚马逊在靠近，一直忙着对付身前的独眼。

亚马逊猛然一跳，向着老鹰刺去。然而令亚马逊万万没有想到的是，老鹰似乎已经猜到了它的计谋，灵巧地闪开，躲过了亚马逊的双爪。

亚马逊光顾着死盯老鹰了，丝毫没有注意到独眼还站在自己的前方，直到独眼发出刺耳的尖叫，它才回过神来。

这只老鹰果然够聪明，想利用亚马逊杀死独眼。

亚马逊赶紧收回双爪，可是由于惯性太强，它身子还在往前移。眼看就要撞上独眼，它迅速伸出舌头，粘住了上方的树枝。借助弹力缓冲，没有伤着独眼，但是，亚马逊的舌头因此拉伤了。

原本幸灾乐祸的老鹰，以为自己可以导演一出好戏，可是这只变色龙太狡猾，计划失败了！它的眼神瞬间透露出阴险毒辣。

老鹰准备出动了，它的双眼燃烧着仇恨的烈焰；亚马逊毫不惧怕，也用自己最快的速度奔向老鹰。

可是，老鹰不知道亚马逊掉下树后，学会了“家族秘技”，现在爪子上有剧毒，谁碰谁中毒，而且没有方法医治。

亚马逊正是在等这个机会。它知道老鹰心高气傲，铁定不会将它放在眼里，只要趁老鹰攻击自己时，将自己爪上的毒液注射到老鹰的心脏部位，就可以将老鹰杀死，为爸爸妈妈报仇了。

突然，天空掉下一坨鸟粪，不偏不倚，正好砸在了亚马逊的脑袋上。亚马逊吓了一跳，灌满毒液的爪子猛地插进树枝。

亚马逊赶紧清理头上和灌进嘴里的鸟粪，疯狂地往外吐口水。看着亚马逊那滑稽样，老鹰忍不住得意地笑了。

老鹰只笑了一会儿，脸上的笑容突然僵硬了。因为它看到一个奇怪的现象——刚才被亚马逊双爪抓过的那段树枝，已经被严重腐蚀，甚至可以听见木头断裂的“吱吱”声。

“啪——”如成年人手臂般粗的这根树枝，突然折断了。

老鹰迅速起飞的瞬间，树枝坠落了，趴在上面的小鹰的尸体，也随着树枝掉了下去。

老鹰抬起头，原本毒辣的眼神，变得恐惧和害怕。

老鹰心里想：这变色龙的爪子只是插进了树枝而已，不至于使整段树枝折断吧。断裂处可以清楚地看到，爪子只插进了五毫米，而树枝却腐蚀掉落，这是什么招数？

亚马逊终于将嘴里和头上的鸟粪清除完毕，它再次伸出爪子，准备和老鹰一决胜负。此时，老鹰因为害怕而全身发抖，惊恐地看着亚马逊。

突然，老鹰以最快的速度转过身，拍了拍翅膀，想逃跑。

亚马逊早料到这贪生怕死的老鹰会来这么一招，早就已经做好了准备，它伸出舌头，准确地粘在了老鹰的胸脯上。老鹰拼命地往高处飞，亚马逊借助舌头的弹力，向着老鹰跃过去。

按照亚马逊的计划，如果不出差错，它的爪子将插到老鹰的心脏部位，老鹰会丧失飞行能力，从高空掉下去，而它自己也会一起掉下去，与老鹰同归于尽。为了给爸爸妈妈报仇，亚马逊早有准备，舍弃生命也在所不惜。

终于，随着舌头慢慢收紧，亚马逊一点点地升高，老鹰的胸脯已经近在咫尺了！可就在这时，意外再次发生——因亚马逊的舌头之前拉伤过，现在明显感到有些无力了。

亚马逊顽强地坚持着，努力地控制着舌头，它暗暗给自己鼓劲：好不容易能给爸爸妈妈报仇了，绝对不能失败！

亚马逊离老鹰越来越近，可是它的舌头实在是支撑不住了。如果再想不出办法，不仅老鹰会逃走，它自己还会从高空坠落摔死！

正在这紧要关头，老鹰的左翅，上下摆动时正好靠近亚马逊所处的位置，它顾不得自己的生死，看准时机，迅速将充满毒液的爪子插进了老鹰的翅膀。

老鹰立刻感到一阵刺痛，左翅瞬间麻木，已经摆动不起来了，只能疯狂地扇着右翅，在空中一边打转，一边往下坠落。亚马逊牢牢地抓住老鹰的左翅，随着老鹰，一起往下坠落……

十三

似乎被什么东西推了推，亚马逊睁开疲惫的双眼，站在它面前的，不是别人，正是自己的兄弟红顶。

原来红顶捕猎回来，正好碰见亚马逊倒在树下，就马上将亚马逊背回家中。

亚马逊醒来的第一件事，就是想知道老鹰的去向。

“红顶，那只老鹰呢？”亚马逊问。

“老鹰？”红顶说，“我只看到你倒在地上，昏迷着的。”

亚马逊的心中“咯噔”一下：完蛋了，自己回到树上后太少使用毒功，技术有些生疏了，再加上之前爪子不小心插到了树枝，已经耗费去一大半毒液，看来这只老鹰还没死，父母的仇还是没有报！

红顶一直追问，亚马逊不得不将整件事的来龙去脉告诉了它。

红顶突然打断亚马逊的话，说：“巨大的影子……对了！我在捕猎的时候看见有一个庞然大物，用嘴叼着一只小东西，朝‘美丽沼泽’方向走了，那家伙好像受了伤。”

“没错，就是它！”亚马逊大声吼道，“事不宜迟，我们马上出发！”

哥俩刚走出洞口，就看见独眼和蓝眼公主匆匆忙忙地从树上下来。独眼听说老鹰跑了，硬要跟着亚马逊和红顶去“美丽沼泽”，共同决战老鹰。

不一会儿，过去熟悉的“风景”再次呈现在亚马逊眼前。

一个巨大的身影，出现在美丽的沼泽旁，是那只鹰！死去的小鹰就躺在老鹰的面前。亚马逊想起自己的爸爸妈妈，复仇之火又再次燃烧起来。

“你的孩子死了，你如此悲痛，可是你当年迫害我全家时，有眨过一次眼吗？”

老鹰听到了动静，往亚马逊这边看了看，刚才还可怜巴巴的眼神，顿时又变得阴险毒辣起来。

红顶首先冲了上去。趁着老鹰被红顶吸引，独眼赶紧向老鹰的盲点出击。可是，独眼的那只瞎眼正好与老鹰的那只瞎眼位置在同一边，两只瞎眼形成了两个盲点，独眼没办法看清楚敌情，偷袭频频失败。

亚马逊不停地转动着眼球，希望能找出老鹰的弱点，当它看见躺在薰衣草丛中的小鹰尸体时，脑子里立刻蹦出一条“妙计”：

老鹰十分疼爱自己的孩子，肯定不忍心看见孩子的尸体掉进沼泽里。如果可以将小鹰的尸体丢进沼泽里，就能引诱老鹰跳入沼泽中，到时鳄鱼自然会将老鹰咬死。虽然这个方法比较缺德，但也只能用这招了。

事不宜迟，说干就干。亚马逊马上顺着老鹰的盲点，向它身后冲去。它的双眼一直死死盯着老鹰，因为如果老鹰突然转过头，它的计谋就会失败。

“啪——”亚马逊迎面撞上了向它冲来的一个东西，双方都是高速冲刺，亚马逊撞得不轻，向后退了五步。待它站稳后，定睛一看，发现刚才撞到自己的居然是独眼！

独眼一直全神贯注地盯着老鹰，再加上奔跑过程中眼睛不好使，这才撞上了自己兄弟。

老鹰被碰撞声吓了一跳，回头发现了亚马逊，当然也识破了它的计谋。“竟想拿我去世的孩子来对付我？门都没有！”老鹰立刻冲向小鹰，离孩子尸体还有一米左右时，老鹰突然放慢脚步，开始一瘸一拐地走路。

亚马逊感到很奇怪：老鹰怎么一下子瘸了腿？回头一看，红顶倒在地上，大口喘息。原来，红顶拼命地将爪子插进了老鹰的小腿，腿上的毒和翅膀上的毒融合在一起，即刻加快了毒发速度，老鹰很快连走都不行了，只能爬行。

短短的一米，对老鹰来说，都是那么遥远，那么困难。终于，老鹰爬到了孩子的尸体旁，用那只完好的右翅，轻轻地掩着小鹰，眼神中流露出绝望……

不知为什么，亚马逊此刻心里一紧，竟然想起了自己长眠在地下的妈妈。

红顶见状一跃而起，独眼也活动了一下筋骨，准备一起冲向老鹰，快速结束它的生命。

就在此时，亚马逊拦住了他们："老鹰中了毒，虽然不至于要命，但它已失去了祸害别人的能力，留它一条老命，让它跟孩子待在一起吧。其实，当时失手误杀小鹰，我至今都在自责。"

红顶、亚马逊和独眼离开了"美丽沼泽"。

在红顶家中稍作休息后，他们一起来到"墓地"，看望爸爸妈妈。亚马逊坐了许久，心中默默地念叨："爸爸，我对不起您，我没有杀死那只鹰。我相信如果换作您，您也会放它走的。"

尾声

一年后。

今天是独眼、亚马逊、红顶三个家庭聚会的日子，每隔一段时间，它们都会聚在一起。

独眼和蓝眼公主带着它们的小宝贝，来到了亚马逊的家。这窝小变色龙刚出生一个星期，爬树的技能还没那么纯熟，要靠独眼送它们到树上。这可把独眼给累坏了！十多只淘气的小变色龙在爸爸身上乱蹦乱跳，妈妈的身上也背满了小淘气，实在没有办法去帮助独眼。

亚马逊和玛利娅看见了独眼一家，马上前去迎接。看看被小淘气们闹得脱不开身的独眼，又看看那些可爱的小变色龙，夫妻俩露出了欣慰的笑。

玛利娅是亚马逊在一次捕猎中认识的。当时玛利娅被一只眼镜蛇缠住了身，眼看就要葬身蛇腹，亚马逊挺身而出，用毒液杀死了那条眼镜蛇，救出了玛利娅。这只单身的雌性变色龙，对亚马逊万分感谢，成为了亚马逊的好朋友。

日子一长，玛利娅不知不觉对亚马逊产生了好感，喜欢上了亚马逊。其实亚马逊也早就暗暗喜欢上了玛利娅，只是出于一种雄性的尊严，又羞于开口，不好意思对玛利娅表白而已。

终于，在一次捕食后，亚马逊向玛利娅吐露出了自己的心声，两只变色龙立刻坠入了爱河。如今，它们已经生产了十多颗蛋了，不久，它们也会顺利孵化出一群自己的小宝贝。

红顶今天特别盼望亚马逊和独眼两家人下来，它一直在树底下等着，因为它要给大家一个惊喜——它也有小宝宝了！

独眼和亚马逊等刚下树，就看见在红顶家门前那块空地上爬满了小鬣蜥，小家伙们十分好动，到处跑来跑去。

看到这些小家伙，独眼和亚马逊还以为红顶搬家了。还是玛利娅脑瓜好用：“这些是不是红顶的孩子？”亚马逊和独眼才恍然大悟。红顶见客人已经到了，连忙叫妻子一起出来待客。

红顶的妻子名字叫作快爪，长得眉清目秀，很有礼貌，而且据红顶说，妻子快爪的猎食技能比红顶还要强，如果不是有爸爸的毒功帮助它，现在可能还娶不到这么温柔贤惠的妻子。

三个雄性凑在一起，热火朝天地聊着以前的往事，一边谈论，还一边发笑。玛利娅、蓝眼公主和快爪则在一旁看着孩子们嬉戏打闹，这是博尔特森林，乃至尼泊尔群岛，难得一见的和谐景象。

下午，三个家庭依依不舍地告别了，各回各家。

晚上，亚马逊待在洞里，看着十多颗的蛋发呆。玛利娅知道，亚马逊看见兄弟们都有了孩子，它因为孩子还没有出世而苦恼。

亚马逊走了过去，用头轻轻触碰了一颗蛋，那颗蛋却突然裂开了，亚马逊一个激灵，往后退了几步，以为是把蛋碰碎了。

那颗蛋却还没有停止碎裂，直到一颗小脑袋从蛋中钻出，亚马逊才欣喜地冲玛利娅跑了过去，大声嚷嚷："孩子，孩子，我们也有孩子啦！"

小变色龙们，一只又一只地挣脱蛋壳，爬了出来。它们爬到玛利娅和亚马逊脚边，依偎着爸爸妈妈，睡着了。

亚马逊和玛利娅疼爱地看着自己的小宝贝，都将身子侧过来，将小变色龙们挨着自己柔软的肚子。

洞口外，月光静静的洒向博尔特森林每一片树叶，几只不知名的小虫，轻柔地弹演着夜曲。玛利娅，搂着自己的宝宝，幸福地打起了盹。亚马逊安静地思考着：明天我应该早起，为宝宝们捕食。

原载于《学语文之友》（初中版）2014年第11期、2015年第08期

猫头鹰

一

他是在离家不远处的老房子发现那窝猫头鹰的。

原本他只想顺走隔壁家的几个果子，但当两只猫头鹰叼着老鼠从他头顶掠过时，他的目光就再也没法从它们身上移开。

在那个落后的乡村里，家家户户都养猫狗，但是养鸟的却少之又少。李光头家里养了只八哥，就吸引了孩子们整天排着队参观，让他出尽风头。羡慕之余，他暗自决定：我也要养只八哥！但荒郊野岭里上哪捉八哥？几天的寻找一无所获，他也差不多放弃了。

仰望着在天空翱翔的猫头鹰，他的眼里闪起了狡黠的光。乡里有猫头鹰，就是还没人养过呢！他把手里的果子扔到一旁，小跑着尾随它们，直到两只猫头鹰在老房子的屋檐上停下来。

屋檐下有个墙洞，分明是猫头鹰的窝。只可惜墙洞离地面太远，这两只猫头鹰又已经成年，看来就凭他是没法抓住它们了。

他耸耸肩，转身便准备离开。

“啾啾！”一声稚嫩的鸟鸣传进他的耳朵。两只猫头鹰从洞里退出来时，老鼠已不见踪影，它们拍拍翅膀离开了。

他则是赶忙向家里跑去。

过了一会儿，他扛着家里的木梯，气喘吁吁地再次出现在老房子旁。确认那两只猫头鹰没有回来后，他喜滋滋地把梯子搭上了墙壁。

墙洞里除了老鼠残骸，还有一只猫头鹰幼崽。

二

看着笼子里的小猫头鹰，他心里犯了愁。

鸟笼漂亮又结实，是爸爸亲手做的。小家伙羽毛顺滑，憨态可掬，整天张着大嘴吵着要食吃。自从他把小猫头鹰带回来，家里的“客流量”明显增大，附近的孩子们基本上都参观过了一轮。

这家伙倒也不怕生，挺着个大肚子，人越多反而叫得越起劲。李光头也听说了这事，专程跑来看，看着李光头嫉妒的模样，他的心里爽快极了！但快乐之后，烦恼便接踵而至——小猫头鹰的食物不太够。

这两个礼拜，他一回家就抓老鼠，又在家后面的水塘里捉青蛙，这才勉强把它喂饱。人家都希望家里少些老鼠，他倒好，巴不得家里遍地老鼠洞。小猫头鹰渐渐长大，胃口也越来越好，现在家里连粒老鼠屎都不见，水塘里的青蛙也捉完了，这该咋办？

小家伙饿了好几天，整天撒酒疯一样“咯咯”乱叫，吵得一大家人不得安宁。“快把它放走！”爸爸失去了最后的耐心。

朋友们也都看腻了他的猫头鹰。“还是会说话的八哥有意思。”

纷纷去了李光头家。

他无奈地打开笼子的门：“你走吧。”

小猫头鹰看他一眼，继续张嘴“咯咯”叫，丝毫没有出笼子的意思。“还赖着不走了是吧！”他拍拍笼子。

三

“快起来！”哥哥这天清晨拍醒他。

他翻了个身，丝毫没有起床的意思：“今天星期六……”

“有两只大猫头鹰来了！”他心里咯噔一下，两三步冲到屋外，挂着鸟笼的核桃树旁聚集了不少人。

两只巨大的猫头鹰正朝鸟笼俯冲，它们时而抓盖板，时而啄铁丝，撞得笼子来回摆动。小猫头鹰待在笼子里瑟瑟发抖，发出惊恐的尖叫。“去！去！”他大声恐吓。两只猫头鹰见状飞离鸟笼，但一直在上空盘旋，好像是在等待小家伙和它们一起离开。

他知道，这是它的父母。“肯定是它的饥饿叫声把它们引了过来。”他想，“是时候把它放走了。”

他打开鸟笼：“快跟你爸妈一起走。”小猫头鹰羽翼已丰，到了学飞的年龄。可它只是对着天空眨眨大眼睛，又低下头开始梳理自己凌乱的羽毛。他见状气不打一处来：“整天吃吃吃，快滚！”他一巴掌扇向鸟笼，小猫头鹰又“咯咯”叫起来，但就是不肯离开。

他开始后悔把这个小祖宗带回来了。

当晚，他做了个梦。

他在森林中孤身一人，黑暗里忽然明星点点——是猫头鹰的眼睛反射出的荧光。荧光将他团团环绕，叫他直喘不过气。“咕咕……”猫头鹰诡异的声音此起彼伏，宛如潮水般冲刷着他的鼓膜。他捂住双耳，但那无孔不入的声音就像一只只小蚂蚁顺着指缝爬进他的耳郭。他顿时感到天旋地转……

天还没亮，他就打着手电筒走到屋外。

“现在就把这个小畜生赶走。”他正想着，前面突然传来翅膀扑腾的声音。他下意识地把手电筒对准前方——四颗“绿宝石”在夜空中荧光明明。还没等他缓过神，它们就迅速上升，消失在夜空中。

他迟疑一会儿，走到鸟笼旁。笼子里明显多了一堆碎骨和一只吃了一半的老鼠，小猫头鹰正在一旁甜美地酣睡。

“你爸妈真放不下你。”他哭笑不得。

四

“哎呀，这么大的猫头鹰能卖不少钱呢！”

“猫头鹰能入药，成年的可以卖出这个数！”来他们家吃饭时，伯伯兴奋地伸出两根手指。两千！这可是一笔巨款。听到这个数字，全家人都猛吞口水。“但活的才值钱！”

伯伯笑着对他说：“侄儿，把你的小猫头鹰借我用用吧。”

从那天起，两只大猫头鹰每晚都会过来。它们已经明白，面对鸟笼自己无能为力，只能经常捉老鼠塞进鸟笼喂养自己的孩子。也是托它们的福，小家伙的饲养还能继续进行。

伯伯在打两只大猫头鹰的主意。“不行，老师说猫头鹰是国家保护动物，禁止贩卖。而且我以后找什么东西喂它？”“这个就交给伯伯。我保证，抓住两只以后送你一只，我抓老鼠喂它。”

他又有点心动了。一大一小两只，养起来多威风！

他沉思一会儿，点点头，但又在怎么捉上犯了难：用网子？只怕不大好抓，还容易伤到猫头鹰。穿上蓑衣吸引它们攻击，伺机卡住它们的爪子？猫头鹰爪子锐利，这一下一定皮开肉绽。

“看我的！”伯伯嘿嘿一笑。他在地上放只死老鼠，在一根木棍上套了长绳，又拿木棍在老鼠上方支一个装菜用的竹背篓。伯伯轻轻一拉绳子，竹篓立刻将老鼠扣得严严实实。“晚上你就躲在这儿拉绳子，我在一边见机行事。”

夜幕降临，两只猫头鹰如期而至。

小家伙知道父母来了，张开大嘴就吵着要东西吃。也许是运气不佳，它们今天只抓到一只小老鼠，小猫头鹰吃完还是饿得咯咯叫。正发愁没地方找吃的，它们发现了地上的死老鼠。

就算谨慎如猫头鹰，它们也没发现这是一个陷阱，两只猫头鹰惊喜地飞向竹篓。他也绷紧了神经，紧紧攥着手里的绳子……

不知是不是木棍没有放稳，第一只猫头鹰刚走到老鼠跟前，竹篓忽然毫无征兆地盖了下来。另一只被吓得立刻飞上天空，被抓住的那一只在竹笼里四处扑腾，眼看竹篓就要侧翻！

伯伯立刻冲上前，一把按住竹篓。天上的猫头鹰此时也回过神来，挥舞着尖利的爪子向伯伯的背俯冲，鸟喙像雨点般打在皮肉上，伯伯疼得直叫：“侄儿，快来帮忙！”他却一下子没了斗志。

眼前的一幕，是他不愿意看到的。

原本只是想在朋友面前装一把，最后却要把喜爱的小生命送进城里，做成所谓的药材……“算了吧。”他一屁股坐在地上，摇摇头。

伯伯撑了一会儿也筋疲力尽，不得不放开怀里的竹篓。外面的猫头鹰趁机抓住竹篓，扇动翅膀拼命向上提；另一只在里面发力，撞得竹篓左摇右晃。最终竹篓被顺利掀翻，它们总算双双脱困飞上了天空。

两只猫头鹰正向远处飞去，小猫头鹰又开始饥饿地叫喊：“咯咯……咯咯……”他明显发现它们的速度慢了下来，最后，两只猫头鹰正对鸟笼悬停在空中。它们还是舍不得自己的孩子。

“咕咕！”两只猫头鹰开始鸣叫。这是他第一次听见猫头鹰发出这样的声音，跟以往的圆润饱满不同，有些低沉，有些沙哑。叫声中还夹杂着小家伙稚嫩的声音，仿佛父母和孩子在对话。

它们忽然飞走了，只留下小猫头鹰独自叫唤。

“咯咯、咯咯。”它们没有回来。

他无言地望着两个小小身影消失在夜空中。伯伯走到他身旁，拍拍他的肩：“没事，大不了再来，我们还有机会。”

五

两只猫头鹰自那晚以后没有再来。

他又回到放学捉老鼠青蛙的日子，但心情和以前不太一样了——他觉得自己有义务把小猫头鹰养大，然后放归山林。

这天放学，他满身泥巴地回到家里，准备洗一洗脚。

“这猫头鹰又臭又脏，能卖吗？”是爸爸的声音。

“虽然没成年，但是几百卖得出。正好一个礼拜后我要进城。”伯伯和爸爸居然在商量把小猫头鹰卖掉！

他转身便跑到核桃树下，取下鸟笼。小家伙已经能拍着翅膀，在鸟笼里上蹿下跳了。两个大人肯定不会由着他的性子放走几百块钱，他要在伯伯卖掉它前教会它飞行，把它放生！

说干就干，他拿着鸟笼来到树林。小猫头鹰自出生起就没有见到过这么大片的墨绿，显得尤为兴奋。他捧着小家伙，手轻轻一抬，把它送到空中。小猫头鹰顺着林风扇动翅膀，但在空中仅仅停留了几秒，便打着转落到了地上，它开心得“咯咯”乱叫。

虽然没能成功，但他对此充满信心。

之后几天，他一回家就带着小猫头鹰去树林里练习飞行。小猫头鹰在空中的时间慢慢延长，终于能在树之间滑翔了。小家伙现在随时能飞走，但又仿佛舍不得他，每次不会离开太远，太阳快落山时就会飞到他身边。他本就舍不得它，更是为此深深感动。

总算到了最后一天。他打开鸟笼，待小家伙飞到树枝上，他突然大叫："去！去！"小猫头鹰受了惊，飞快地朝树林深处飞去，不远处的鸟群也应声纷纷飞离树林。落日的余晖给绿叶镀上一层金色，小家伙在泛着金光的绿色中失去了踪影。

林子里很快安静下来。他提着空荡荡的鸟笼，心里也空荡荡的。

六

他呆呆地看着窗外的核桃树。

鸟笼被伯伯取走了，光秃秃的树干也没什么看头。

他叹了口气，揉揉眼睛。

"侄儿！"伯伯刚从城里回来。但此时，他也提不起兴趣猜测伯伯给他带了什么礼物。

只见伯伯径直走到核桃树前，挂上了鸟笼。

"猫头鹰跑了没事，咱们养八哥！"

笼子里，一只八哥正兴致高昂地歌唱。

猫 事

一

黄猫又在阳台上端坐着。

他一脸黑线，眉头拧成了疙瘩——这只猫已经连续好几天到他家的阳台上了，整天喵喵叫，怎么也赶不走！

“唉！”他无奈地摇摇头，这是自己酿成的苦果啊！

二

他刚刚搬到这个小区不久，住二楼。

入住第二天，黄猫就“拜访”过他家的阳台。这只毛茸茸小动物的突然到来，让一家人都特别高兴。他时常把阳台的纱窗打开，方便黄猫进入，还给它一些吃剩的饭菜。

小区被打理得很干净，楼下几乎没有老鼠。食物的缺乏，让黄猫骨瘦如柴，毛发又乱又脏。

他打心底同情它，每次都把它喂得满嘴流油，肚皮滚圆。他还帮黄猫洗过几次冷水澡，猫类怕水，要帮它洗澡真不容易！记得有一次，它一个激灵，差点就挠了他的手！

“打理”干净的黄猫与先前简直“判若两猫”——匀称的身材，柔顺的毛发，乖巧可爱，亭亭玉立，简直称得上猫类的“美女”。

黄猫通人性，知道他喜欢自己，时不时来他家，经常还贴着他的小腿撒娇。

不知不觉，黄猫已经成了他家的常客。

为了让黄猫的生活条件更好，他把不用的床单放在阳台上，还准备了一个枕头——黄猫来到阳台上时，就可以在这里小憩。他还专门买了一个食盆和猫粮……每当看着黄猫惬意地在“小窝”里打盹，他就会感到心情舒畅。

每次离开，黄猫都从阳台纵身一跃，跳到旁边的瓦制屋顶，再绕到另一栋楼的屋檐上。在他看来，这样既危险又麻烦。

据他观察，黄猫没有主人，他和家人都很喜欢它，要不干脆把它收养算了……当他终于下定决心时，黄猫突然莫名其妙地失踪了。

好几个月，黄猫连影子都没出现。

“猫窝”已经蒙了一层灰，猫盆也是空的，他没有将这些收起来。他觉得黄猫不会这么轻易地离开……

又过了一个月，黄猫还是没有现身。

“老友”不辞而别，他的心里不免有些失落。“野物终究是野物，怎么可能懂得知恩图报……”他自嘲地笑笑，为自己先前的幻想感到可笑，他准备把没用的旧床单和猫盆丢到楼下。

可就在周六，黄猫回来了！

刚吃完晚饭，他正准备下楼散散步，穿鞋时，突然有一抹淡黄的影子从眼前闪过——黄猫此时正在阳台上着急地乱转，时不时用爪子挠挠窗户，好像想进来。他赶快打开纱窗，黄猫急不可待地冲进了房间。

几个月不见，黄猫又变回了老样子——这几个月肯定不好受，好不容易帮它洗干净的毛发，变得又脏又乱，肚皮饿得贴上了肋骨，看起来憔悴了许多。

黄猫用乞求的眼神注视着他——它已经饿到了极点。他赶紧拿出早就准备好的食物，放到它的食盆里。

黄猫也不客气，立刻大口大口地吃起来。看来真是饿坏了！他轻抚着黄猫背上脏乎乎的毛，看着狼吞虎咽的样子，露出了欣慰的笑容。

食盆很快空了。他本以为黄猫会像从前那样，在“猫窝”里打滚，但出乎意料的是，黄猫仍然用可怜的眼神望着他，好像还没吃饱。

他挠挠头，很不解——量已经很大了，怎么今天胃口这么好？

他去到厨房，拿出昨晚剩下的鱼肉，把鱼头取下来，又取了一大块鱼排，放进了食盆里。一转眼，黄猫又开始“饕餮”，直到原本干瘪的肚子饱得像装进了一个皮球，它才停止了进食。

他看黄猫已经吃不下了，正想和它“亲热”一番，可万万没想到，黄猫竟然叼起鱼头，从阳台跳了出去！

黄猫这次没有按照以往的路线回到房檐，而是径直跑向了地下车库。虽然有些奇怪，但至少黄猫——他的老朋友回来了。他哼着小曲儿，心情格外好。

隔天一早，黄猫又来到了阳台。

黄猫精神多了，但还是略显瘦弱。他拿出一盒牛奶，倒进食盆里——这是他特意为黄猫准备的“补品”。黄猫也不客气，立刻把头埋进食盆，贪婪地舔食牛奶，身体因激动而微微发颤。

他盯着黄猫的背影，不禁有些发愣——他有多久没有看见这样的场景了？几个月前，他也是这样，微笑着看着黄猫进食的可爱模样……

他渐渐看得入了迷，情不自禁地把手伸过去，想抚一抚略显凌乱的猫毛，但还没有触碰到黄猫，它就警惕地往身旁一闪，躲了过去。他的手悬在半空，气氛显得有些尴尬。

他有些难以置信，黄猫盯着他，一脸的警戒，方才的可爱模样早已荡然无存。

他甚至有些怀疑自己的眼睛，但眼前确实是黄猫！他越发感到奇怪——难道它受到了什么刺激？

"哐！"铁器碰撞地面的声音从厨房传来，打断了他的思绪。他回过神一看，黄猫早已不在身边！

黄猫叼走了早上刚买回的黄花鱼，碰落了灶台上的铁铲，从厨房的窗口跳了出去，飞身跃上隔壁的瓦制屋顶。尽管嘴中叼着鱼，它依然轻快地逃了出去……

他惊讶地瞪大了双眼——乖巧的黄猫竟然偷鱼！他如梦初醒，气得直跺脚——本来还因为黄猫的归来而高兴，现在反倒变成"引狼入室"了！

他粗暴地将擦得发亮的食盆和床单裹成一团，扔进了垃圾桶——他为了黄猫付出这么多，竟得到这样的回报！

他暗暗发誓——以后绝对不再和这个忘恩负义的东西来往！

那天晚上，他做了个梦。

梦中，黄猫与他交往的点点滴滴，如幻灯片一般在他的脑中放映。他其实是想不通：黄猫，为什么就变坏了呢……

三

一觉睡到大天亮。他伸了个懒腰，在床上坐了一会儿，倦意又向他袭来。

“去阳台晒晒太阳吧。”他刚把阳台的纱窗打开，一个黄色身影突然一闪——又是黄猫！

黄猫把两只前脚掌搭在纱窗上，看来又想进来。

他把门开了一条小缝，侧身走向阳台。黄猫正想进门，“啪！”他反手用力地把玻璃门关上了。

他紧盯着黄猫。

他又愤怒又惊讶——这畜生知道把我惹毛了，还敢回来！他警惕地盯着黄猫，怕它又有什么“小动作”。黄猫做出了更为大胆的举动——把一直竖着的猫尾夹入胯间，同时低下头去——这是猫类表示歉意的动作！

他这下可真懵了——这么快就变脸？这是要演哪一出？

黄猫低着头，一边蹭着他的小腿，一边轻柔地喵喵叫着。

收到它的“温柔攻势”，他有些心软了——毕竟是老朋友了。把纱窗推开的一刹那——黄猫突然冲进屋内，径直跑向了厨房！

他又一次愣在原地，厨房放着昨晚买回来的烤鸡肉！不妙！

等到他回过神，跑进厨房后，映入眼帘的一幕，让他的预感灵验了——垃圾桶被打翻，污物撒了一地，灶台沾上了少许泥巴，放在台上的鸡肉，早已不见了踪影。

“我去！”他忍不住骂了一句脏话。这畜生竟然这么狡猾！

他颓然地侧倒在沙发上，无奈地摇摇头——既为自己的天真而感到可笑，又有些失落。

黄猫已经三番五次地欺骗他，绝对不会再有下次了！

这天晚上，他又做了一个关于黄猫的梦。

梦中，黄猫再次来到阳台上。他二话不说，操起身旁的扫把，想把它赶走。“喵——喵——”黄猫委屈的叫声，让他的心紧缩了好几下，但他最终还是狠下心来，把黄猫赶出了阳台。看着黄猫慌忙逃走的身影，他明白，它不会再回来了……

四

一大早，他就径直走向阳台——他隐约觉得黄猫今天会来。

果然不出他所料，那个不要脸的东西正趴在阳台上。

躺着晒太阳的黄猫见他来了，赶快起身，轻轻摇着蓬松的尾巴——它一直等着他呢！那猫尾摇得很轻柔，宛若一朵盛开的菊花——他知道，黄猫现在心情很好。

他沉默不语，打开玻璃门，走了出去，抓起一旁的扫把，然后静静地望着黄猫——它正歪着脑袋，一脸狐疑。他深深地吐了一口气——接下来他就可以像梦中一样，用扫帚把黄猫赶跑就行了！

黄猫故技重施，夹起尾巴，歉意地低下头，又想走近蹭他的腿。

他突然冲黄猫大喝一声："走开！"黄猫也许是被吓住了，停下脚步。他举起扫帚——只要往黄猫身上一拍，它马上就会落荒而逃！

黄猫显然没有意识到危险，瞪着大眼睛，一副天真的模样。

但是，他手中的扫把迟迟没有落下。梦中黄猫惊恐逃离的场景让他记忆犹新。他难道真的希望看见这一幕吗？

他把扫把放回了原处，转身打开了玻璃门。黄猫立即跟上来，也想随他进屋，但门"砰"的一声关上了——他狠不下心驱赶黄猫，但也不会再让它进来。

黄猫没有离开，在阳台上一直"喵——喵——"地叫，希望他把门打开。但他故意装作没听见，把电视声音开得很大。

他的注意力无法集中在电视节目上，他一边用遥控器换台，一边用眼睛余光看着阳台——黄猫时而紧贴着玻璃门，时而原地打转，张着嘴叫着。

一台综艺节目最终吸引住了他。过了好一阵儿，他突然想起黄猫，把目光转向阳台——门外已没有了黄猫的身影。

他打开门，黄猫不知何时已经离开了，只剩下空荡荡的阳台。不知怎的，他却高兴不起来，心里空落落的……

五

他打了个哈欠，又是崭新的一天。

早晨的第一缕阳光照过来，狭小的阳台顿时显得熠熠生辉；窗外有许多小鸟婉转地鸣叫——但他无暇顾及这些。他心里装着猫，目光在阳台上寻找，但没有看到它。

他明知道黄猫不会再来了，但直觉驱使着他来看看。

接下来几天，黄猫果然没有出现。

没有黄猫的介入，他的生活回归了正常。他强迫自己忘记关于黄猫的一切，过程十分顺利——本应是这样。

但第四天，黄猫来了。

那天下午，他买完菜，刚到家，耳边突然响起柔弱的叫声："喵……"虽然声音小，但他依然能分辨出来——黄猫正趴在阳台上。

不——与其说黄猫是趴在地上，倒不如说它根本没有力气站立！

他赶紧把玻璃门推开——比起上一次，黄猫已经瘦得不成样子了。奄奄一息的黄猫，吃力地将头抬起来。

原本还算柔顺的毛，沾满了一大片的污泥，身体左侧还拧成了一串串"麻花"，那双以前无论何时都充满着活力的大眼睛，早已失去了光泽，此刻充斥着疲倦与木然，眼角还积攒了许多眼屎……

见他出来，黄猫想站起来蹭他的腿。一段挣扎后，总算摇摇晃晃地起身，但显然站立不稳，仿佛下一刻就要倒地。

看来这几天，黄猫过得确实很艰难！

他咬咬牙，同情和理智相互“斗争”——如果再次帮助了黄猫，之前的努力就都打了水漂；如果见死不救，那良心上确实过不去……最终，他对黄猫的同情占了上风——转过身，从菜篮里拿出一条鱼，抛到它面前。

黄猫迟疑片刻，迅速叼起鱼，感激地看了他一眼，拖着疲惫不堪的身体，想顺着阳台爬下去。它实在太虚弱了，平常轻轻松松就能完成的起跳，此时已无法实现。

黄猫明显饿坏了，为什么不先把鱼吃掉，而是急着要离开呢？他心生疑问。

他打开大门，让黄猫从楼梯间离开。他斜着双眼盯着黄猫——说实话，黄猫还会不会骗他，心里实在没底，既然急着要走，就让它走吧！

黄猫叼着鱼，慢慢地走出大门，并没有立刻离开——它转过身，眼睛注视着他，眼神虽然是疲倦的，但显然包含着感激……然后，转身沿楼梯跑下楼去。

他猛然感到黄猫太反常了，决定尾随着黄猫一探究竟。

六

黄猫径直走进了地下车库。这家伙平时跑得飞快，要不是饿得没了力气，他可怎么也跟不上它！

黄猫左拐弯，一闪身钻进废品堆放室。这里堆放着小区业主们的老旧家具，也许是整个地下车库最适合它居住的地方了。

“喵……”不远处响起了一声细微的猫叫——比黄猫的声音更柔

弱，甚至听得出几分稚嫩……

他悄悄地躲在一个木质衣柜后，透过缝隙向里面瞄了瞄——临近黄昏，光线有些昏暗，但他确实看见了——黄猫的身边，正围着三只小猫！

它们长相乖巧，简直与黄猫是一个模子里刻出来的。和黄猫身上杂乱不堪的毛形成鲜明对比，小猫毛发柔顺，看来是断奶不久，正处于吃肉的过渡期，活泼好动，就算是吃东西也不安分——你推我一下，我咬咬你的耳朵，一边打闹一边进食，玩得不亦乐乎。毫无疑问——这三只小猫是黄猫的孩子！

黄猫趴在那里，任由孩子们争先恐后地吃鱼，安静的眯着眼睛打瞌睡。它的肚子瘪得仿佛只剩一层皮，食物难找，可以肯定，为了给孩子们补充营养，黄猫几天来什么也没吃。

他突然感到一阵心塞——黄猫是为了自己的孩子，三番五次地造访……而自己却一次次为难这位母亲，甚至认为它是一个无耻的欺骗者……

小猫跑到一旁玩去了。黄猫站起身，嚼食那一副几乎没有肉的鱼骨架。“咔嚓！咔嚓！”的声音，仿佛一根根鱼刺扎着他的心。顿时，一股不可名状的渺小感，迎面向他袭来……

七

从那天起，他每天吃完晚饭，总会来到地下车库，为黄猫和它的孩子送一些食物。

多数时间，他都没见着黄猫；虽然没见面，黄猫却猜到了是他。

因为，每天早上，黄猫都会准时来到阳台；它不再是“欺骗者”，而是以朋友的身份来做客。

第二辑

猎人笔记

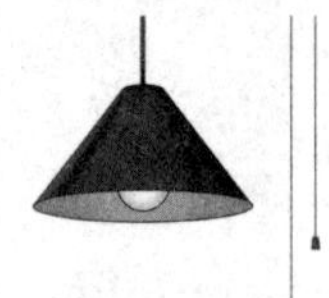

猎人笔记

几小时的伏案写作，我果然还是累了。

我放下钢笔，目光从稿纸上移开，揉揉疲倦的双眼，望向窗外——景色还是那么美，蓝的天空，绿的草原，将疲惫一扫而空。

我是可可西里草原的猎人——准确来说，还是一位怀揣文学梦想的猎人。

当年，二十多岁的我，怀抱着对草原的憧憬，背着一大包文学书籍，以一名知识青年的身份，来到了遥远的可可西里草原。那时，关于草原的优秀文学、戏曲作品层出不穷，神秘的草原，也因此成为我们这些小年轻的向往之地。

刚到可可西里，我被眼前的景象惊呆了——放眼都是一望无际、广阔无边的苍绿，蔚蓝的天空漂浮着为数不多的几朵白云，宛如奔跑的绵羊，一会儿便窜出了视线。

这可比书中读到的、曲儿中唱述的，壮观太多了！

牧民们的好客与香气四溢的美食，让我感受到了家的气息；草原上，健壮自由的狼群和猎狗，又让我体会到了野性的魅力；每天与牧民们的辛苦劳作，也让我收获到了付出的满足。我爱上了草原！

短短两年时间过去，我告别了朝夕相处的朋友，告别了草原。在离开前，我向他们承诺，我一定还会再回来！

五年后，我决意再次前往可可西里，为了让牧民们过得更舒适，更为了草原的未来，我要改变它！

我找到了许多当年认识的朋友，希望他们能和我一同前往。果然有几位赞同我的想法，同意回到大家曾经一起播种青春的草原。

我们如愿以偿地回去了。

久别重逢，眼前熟悉的一切让我不禁鼻头一酸。牧民们依然那么和蔼可亲，为归来的我们准备了最丰盛的晚宴……那晚，我们一边喝酒，一边唱歌，一起憧憬草原的美好未来。

我们把托关系买到的新式猎枪和药品交给了他们——当年，我临走时，他们曾说过想添置一些猎枪和治疗外伤的药物，以防狼群和野狗的进攻。牧民们都只有老式的霰弹枪，装弹不便，火力分散；新式猎枪就要方便得多，杀伤力较大，一颗子弹完全能解决一匹狼。

果然，在新式猎枪的帮助下，牧民们不再害怕狼群；有了药品，牧民们也很少生病，身体也一天天健康起来。

我因此非常欣慰——草原的未来正渐渐光明起来。

可是，这种欣慰没有持续多久，我的心里一天天压抑得难以喘息。自从一位猎人向一只藏羚羊开了枪，屠杀便一发不可收拾了。

老式霰弹枪会损坏藏羚羊珍贵的毛皮，以前的羊皮全都卖不出好价钱；而新式猎枪猎杀到的羊，羊皮上只留下了一个小口子，价格自然高了不少。

猎人们渐渐发现，贩卖羊皮可以赚大钱，于是都开始争先恐后地猎杀藏羚羊……美丽的可可西里到处沾满了藏羚羊鲜血啊！但是，眼见他们的荷包一天天鼓了起来，藏羚羊的数量也一天天变得更少……

日子久了，迫于生活的压力，我们一行人融入了猎杀大军，进入到草原深处，克制着良心的谴责，一边祈祷着，一边向藏羚羊群扣下了罪恶的扳机……

从那以后，没有人再愚蠢的提起要保护草原。

几乎每天，我的耳边都萦绕着揪心的声音：枪声、哀鸣声和数钞票的唰唰声……我的双眼也早已被金钱所蒙蔽，根本没有意识到——我正在与当年的梦想背道而驰。

可可西里，从藏羚羊的天堂变成了藏羚羊的坟墓。我每天不断重复着杀戮、剥皮、卖钱的死亡循环，心灵渐渐变得麻木。最初对草原的挚爱，已经被对金钱的渴求所替代，草原也成了我们的提款机。

十多年过去，物是人非。

当年风华正茂的小伙子，已经成长为一位满脸胡茬的资深猎人。当年成群飞奔的藏羚羊，如今已经不见了踪影。“也许以后也找不到了吧……”夜深人静时，我会时不时地这样想，每当这时，我心中便充满了失落、惶恐、忏悔，甚至还有些无助。

偶然间，我从堆积的纸箱里翻出一本书。抹掉厚厚的灰尘，书的封面已经不见，扉页也微微泛黄，看来有些年代了。

坐在床上，静静地翻阅——这是我中学时代读到的第一本讲述草原生活的小说。我一边翻着书页，一边回忆起了往事。

“那时的我，才是真的喜欢草原啊……”我叹了口气。

翻到中间的一页，我不禁愣住了——这是一张藏羚羊的插图：它站在画面中央，柔顺的皮毛，小巧的羊角，水灵灵的大眼睛，身后是碧绿的草原，蔚蓝的天空，它正转头望向远方——

它，是在等待它的孩子吗？是在寻找它的丈夫吗？还是呼唤着羊群呢……不知何时，泪水已经模糊了我的双眼。

霎时，懊悔与绝望一起向我袭来——我到底干了些什么！我回到草原来干什么？我对草原的热爱呢……我如梦初醒——我不能再这样沉沦下去了！

我动员朋友们一起，挨家挨户上门，苦口婆心地劝导打猎的牧民们，请求他们停止这种残酷的杀戮，并以资深猎人的经验与切身体会，连夜创作了一篇文章——《最后一只藏羚羊》，以一只藏羚羊妈妈临死前的内心独白，表达了自己的感受，我坚信，只要人们内心还存有良知，我的这些努力就不会白费！

果然，这篇文章打动了无数猎人，他们收起了猎枪，城市居民也为之动容，不再购买那些珍贵的藏羚羊皮——在我们的努力下，人们终于开始重视草原……

我想我已经和草原结下了不解之缘，还没有想过什么时候离开这里。

如今，可可西里的生态环境已经好转了很多，几乎灭绝的藏羚羊，又重新开始在草原上自由奔跑——看着这些在草原上跳跃着的精灵，我心中悬着的巨石也终于落地了。

但是，这还远远不够，中国的自然生态问题，远不只有草原、藏羚羊、猎人那么简单，为了中国的未来，我们必须还要付出更多努力！

我决定在可可西里写一本书，书名就叫《猎人笔记》，记录当今中国的各种各样的环境问题，来点醒和引导那些仍处于迷茫的中国人。

我伸伸懒腰，眺望渐渐沉向地平线的太阳，余晖透过窗口，投射在我简陋的书桌上，稿纸和我写下的几行文字，瞬间被衬成了金色——

"也许我只关注草原，也许我的视野狭窄，但我深信，只要我们携起手来，小处着手，关注苍生，未来之中国，必将焕发辉煌的金色！"

原载于《诗城文艺》2016年第03期

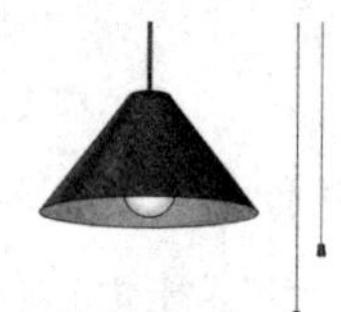

第六块石头

这是南方一个美丽的村庄，被林海包围，四季如春。一条小河蜿蜒而过，河水不深，波光粼粼，仿佛为小村庄系上了一条银灰色纱巾。

小河的对岸，就是集镇。过河，有两条路，一是走木桥，但需要绕行不短的一段距离。于是，久而久之，就出现了第二条路——用大石头在水中搭起的“石头路”。

男孩从镇上去村庄探望爷爷奶奶，在木桥和“石头路”之间，他毫不犹豫地选择了后者，蹦蹦跳跳地跳上了石头。第一块，第二块，第三块，第四块……一开始十分顺利，但到了第六块石头，就出现了状况。

第六块石头位于小河的中央，搁置在河水最深处，大部分被水淹没，露出水面的石体凸凹不平，生成了一层薄薄的青苔。男孩停下脚步，迟疑片刻，跃上了石头。谁知，这块石头不仅长了青苔，还不太牢固，在男孩体重的压力下，剧烈晃动。男孩无法保持平衡，不由自主地掉进河中，成了“落汤鸡”。

第二天，男孩换了一身新衣服，准备再次去河对岸的小村庄。这回，他决定绕点路程——走木桥。

一位中年男人想去河对面，他选择了“石头路”，径直跳上了第一块石头。男孩大喊：“别再往前走，你会掉进水里的！”中年男人回头瞥了一眼男孩，没有搭理他，若无其事地继续走“石头路”。

到了第六块石头，中年男人明显有了些许犹豫，也许他不想让男孩看出他有所顾忌，在停顿了一秒后，中年男人跳上了第六块石头。

中年男人的体重要比男孩重得多，在男人的双脚接触到石头的那一瞬间，石头翻了个身，中年男人失去重心，直接扑进了河里。

桥上传来了男孩的笑声：“哈哈哈，让你不听我的提醒，吃亏了吧……”

中年男人爬起来，十分狼狈，没有搭理他，气鼓鼓地在河边晒衣服。

河对面，一名妇女挑着一担新鲜蔬菜，要过河对面的镇上去赶集。她刚走到“石头路”旁，正要跨上去，中年男人高声提醒道：“你小心点！中间那块石头很滑！”

妇女点点头，算是回应了男人，熟练地跨上了第一块石头。第一块……第二块……第三块……妇女很快走到了第六块石头。

看得出，妇女听进了中年男人的话，小心翼翼地踩上第六块石头，石头没晃动；可正当妇女抬起另一只脚，准备踩上去的时候，她脚下一滑，身子一歪，还是掉进了河里。

妇女肩上的一担蔬菜，大部分落进水中，被河水冲走了。妇女急忙从水中站起身来，一手提着一只菜篮子，干脆蹚水走到岸边。

看着她那狼狈样儿，中年男人忍不住想笑。

妇女到了对岸没急着离去，她从菜篮子中取出一把割菜刀，然后折回河中心，扶着第六块石头，仔细地刮着上面的青苔……

瞬间，中年男人觉得自己的脸热得发烫——自己落水后，只是一味地提醒别人，却没有想到从根本上解决问题。

中年男人四下张望，找到了一块大小合适的石头，可是太重了，他费了九牛二虎之力，也没有搬动。

这一切，男孩都看在眼里，他没有多想，从桥上飞奔过来，和中年男人一起抬着那块大石头，蹚着水，一起向河中心走去……

原载于《先锋小作家》（初中版）2016年第01期，2015年12月30日发表于《中学生报》，2016年5月29日发表于《重庆晚报》

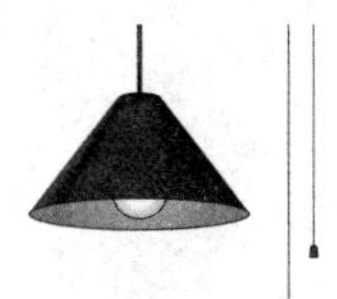

三根黄瓜

三十年前，一个偏僻的乡村中学。

空荡荡的教室里只有两人。男孩手握钢笔，正在抄写课文。老师背着手，踱着方步，在一旁“陪”着他。

男孩很委屈。昨天放学回家，爸爸叫他去帮忙收割麦穗，晚上睡得太晚。早上老师检查时，他才想起昨天晚上根本没有完成作业，结果被老师认定为偷懒，惩罚他抄写最长的一篇课文——《牛郎织女》。

老师不容解释，自己又被惩罚，回家后肯定没有饭吃了。男孩想到这里，鼻子一酸，泪水从两颊滑落。

老师可能是“转”累了，走出教室，在门口活动会儿身子。

男孩趁老师不注意，将钢笔筒拧开，捏住塑料笔胆，把墨水全部挤了出来，他边挥舞着手中的钢笔，边叫道：“老师，我的钢笔没有水了！”这下老师总拿我没辙了吧！

老师没有答话，几步走进教室，拿起男孩的钢笔在纸上划了两下，发现确实是没有墨水了，皱起了眉头。

男孩正在心中大笑：哈哈哈，这下我就可以早点回家了！

“给，用我的笔继续抄。”老师从“中山装”上衣口袋抽出一支“英雄”牌钢笔，递给他，出去了。

没想到老师用这一招。男孩子接过笔，抄了两行，趁老师不注意，再次重复之前的动作，将老师钢笔里的墨水全部洒在了角落。

“老师，您的笔也没水啊！”男孩又开始大呼小叫。

“没关系，这有，自己吸满它，”老师会变戏法似的，背着的手里，竟然还拿着一瓶墨水。男孩只好无奈地接过墨水瓶。

天已经黑了，男孩终于抄完了课文，他匆匆忙忙地抓起书包，正准备走，老师叫住他，递给男孩一个手电筒，老师担心男孩晚上走山路太危险。

男孩正一肚子气呢，没有出声，更没有接过手电筒，一扭头，转身跑了。

离学校没多远，有一块耕地。地里种着几棵黄瓜，藤上还吊着粗大的果实——这是老师的。

男孩灵机一动：你让我吃不了晚饭，我让你吃不了黄瓜！男孩左顾右盼，确认没有“可疑人员”，便跨过篱笆，蹑手蹑脚地走进去，挑了三根特别粗大的黄瓜，将三颗小石子挨个儿“塞”进去……发泄完，他心情尤为舒畅。

两天后，老师将男孩叫到了办公室。他心有余悸——老师不会是发现了吧？老师推了推眼镜，脸色很严肃：“我给你布置一篇作文。”男孩长吁一口气——原来虚惊一场。

“题目就是‘三根黄瓜’”老师接着说。他脆弱的小心脏，一下子又提到了嗓子眼儿！

他明白，老师是以这样的方式再次惩罚他，让他检讨自己。这篇文章，他写得特别认真，字里行间透露出真情实感，同时，老师也看出了他的写作潜质。从此，男孩写的每一篇作文，不管是好是坏、是长是短，老师都给他开“小灶”——有时批注比作文还长。

男孩喜欢上了这位老师，写作兴趣也越来越浓厚。

一天，老师找到男孩，将一份刊登着他文章的报纸递给他。原来，老师帮他将《三根黄瓜》投稿到报社，竟然发表了！老师又从上衣口袋抽出那支“英雄”牌钢笔：“这是我给你的奖品！”

男孩高中毕业后，参军入伍，当战士、上军校、当军官、转业回到地方，三十多年来，一直从事文字工作，而那支钢笔，也一直陪伴着他“转战南北”。时光流逝，男孩已经变成中年男人，原本结实的肚子也已变成了“将军肚”。

“这支笔，是我一辈子的朋友”，老爸常常自豪地说。

原载于《新作文·初中生适读》2014年第01、02期合刊

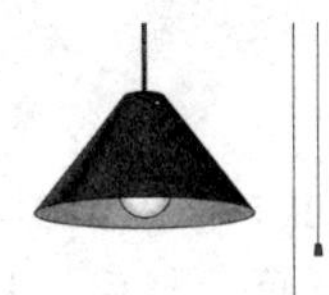

回　家

经过漫长的等待，“绿皮”火车终于出发了。

“回家咯！”同学们的欢呼声让车厢里的空气立即热闹起来。那令人生厌的“哐哐”声，此时非但没有浇灭大家的热情，反而成了所有人耳中的天籁之音。

阿超坐在靠窗的位置，单手托着下巴，望着窗外的树木与房屋向后飞驰。井冈山社会实践活动的四天里，他时时刻刻都盼着回家，但不知怎的，真到离开的时候，他的心情却沉甸甸的……

阿超打开书包，小心翼翼地取出一本书——一本老旧的《家》。这是“手拉手”伙伴贺祺送给他的见面礼。

一

学校组织高一年级前往井冈山参加社会实践。

原本是一次挺令人高兴的集体行动，但大伙的兴致却被“绿皮”火车长达一整夜的颠簸带去了九霄云外。刚下火车，阿超又得知了一个坏消息——

他要独自一人住在农户家里！这可气坏了阿超，凭啥自己就得跟同学们分开住！

为此他找班长理论。“这是老师的决定，我没法修改。”班长双手一摊，一副无奈的表情。

阿超的家境不错。上初中时，阿超的成绩优秀，但上高中后，他却有些厌学了。父母经常督促阿超学习，阿超却不以为意，甚至留起了一头长发。

来接阿超的同学，按理说应该早就到了，但阿超等了半天却连个人影都没看见。天空开始飘起小雨，阿超不耐烦地咂咂舌，皱起眉头，准备撑开雨伞。

“您好……”背后突然传来的声音吓了他一跳。

“请问您是阿超吗？”说话的是个男孩，个子不高，举止腼腆，皮肤黝黑，典型的农村孩子形象。

“嗯。”阿超用鼻子应了一声。

“不好意思，我记错了时间……”男孩低下了头。阿超这才发现，他没有打伞，衣服已经被雨水浸湿。“我叫贺祺，是你的手拉手伙伴。”

阿超点点头，撑开雨伞：“贺祺，过来一起。”他空出一半位置。贺祺看看自己的衣服，有些不好意思地躲进了雨伞。

二

“早知道就不该穿这双鞋！”阿超有些后悔。

从马路到贺祺的家里，有十多分钟的泥泞小路。一脚踩下去，泥浆溅得到处都是。阿超刚买的新鞋，还没穿热乎就糊了一层泥巴。

“鞋子没事吧？”贺祺比阿超更加着急，一个劲儿地问。

贺祺读初一，家里有两个弟弟、一个妹妹。他们家是农村常见的砖房，一共两层。阿超早已做好了心理准备——虽然条件不太好，只要有网络就行。

进了家门，阿超就掏出手机，准备拍张照，刷刷朋友圈。

“哥哥你喜欢看什么书？”贺祺突然问他。

“书？”这可把阿超问住了。他在家里基本不看书，只要有部手机，周末一晃眼就过去。

“《三体》之类的科幻小说吧。”阿超敷衍了两句。他突然想起带有礼物，立刻打开书包，拿出两本还未开封的新书递给贺祺：“送给你。”

这两本书是老师要求买的世界名著，阿超不喜欢，索性当成了见面礼。贺祺仿佛看见了稀世珍宝，满脸欣喜地接过去，然后起身走进房间。过了一会儿，他手里拿着一本书走出来：“哥哥，我只能送你一本旧书，这是我刚读完的《家》。”

阿超脸有点发烫。

三

贺祺家里有两大一小三只猫。

三只猫都很怕生，只要阿超一接近，它们就会消失得无影无踪，这可让喜欢小动物的阿超伤了脑筋。当“食物诱惑法”也宣告失败后，阿超彻底打消了亲近它们的念头。

“喵呜。”贺祺在模仿猫叫。

“别费劲了，它们不吃这一套……”阿超话音刚落，三只猫却马上变了性格，它们跑到贺祺身边，用身体蹭起了他的小腿。

贺祺挨个翻过三只猫的身体，为它们做按摩，猫们舒服得直打

“猫念佛”。

阿超立刻拿出手机，定格下这温馨的瞬间。他这才发现，一只大猫的前脚掌少了一截。“它受伤了？”

“是好久以前的伤了。”贺祺轻轻揉着大猫的耳朵。

贺祺上小学五年级时，有一天发现家里跑进一只野猫。野猫被狗咬断了前脚掌，血迹从路边一直延伸到屋内，如果不及时止血，将会有生命危险。贺祺立刻请邻居的阿姨帮忙，一起给猫包扎上药。

那段时间，贺祺一直照顾着它，猫康复后就不愿走了。后来家里又来了一只雌猫，贺祺索性一起养了，这只小猫便是它们的孩子。三只猫的警惕性极高，见人就躲，但它们唯独与贺祺很亲近。

说完猫的来历，短暂的按摩时光也结束了。三只猫翻过身，一个箭步逃得无影无踪，阿超看着它们的背影，直发愣……

四

第二天清晨，贺祺一把掀开阿超的被子，兴奋地说道：“今天早上要上山！”

跟昨天的腼腆小友相比，今早眼冒金光的贺祺像是换了一个人。“农村孩子们一谈到上山，都这么激动吗？”睡眼惺忪的阿超边打哈欠边想。

所谓的山，其实是贺祺家附近的一个小山坡。贺祺领着阿超，顺着稻田旁的小路往前走。昨晚下过一场雨，露珠挂在路旁的枝叶上，显得十分耀眼。

“你知道这花叫什么吗？”贺祺指着一旁水潭边盛开的红花。

“凤凰花？”

“这叫‘美人蕉’！都说大城市人见识广，我看也和我们差不多。”贺祺骄傲地昂起脑袋，扮个鬼脸。阿超一时语塞。

“哥哥你等我一下，我去摘‘美人蕉’请你吃。”

“啊？花都还没谢，香蕉都没有结出来呢！”

还没等阿超反应过来，贺祺从小路一跃而下，跳到水潭边。被水浸透了的泥土十分滑，贺祺没有站稳，差点一头栽进水里。

“你小心点！”阿超真为他捏一把汗。

“没事！”贺祺熟练地摘下两朵花，两三步便跳了回来。“对着花的底部吸一口，会有甜味。”

阿超有些犹豫，这东西真的能吃？

“雨才下不久，花干净得很。”贺祺吸了一口。“真的很甜，尝尝！”

阿超不好拒绝贺祺的好意，只好象征性地吸了一小口。刹那间，甜甜的汁水在阿超的舌尖绽开——诶？味道出乎意料的好！

“哥哥你知道独角仙吗？”

“独角仙？”阿超这下来了兴趣。“独角仙是一种以浆果为食的昆虫，经常会聚集在产生树浆的树木上……”

“NO！你错了！”贺祺自信地反驳。

这些可是阿超从百科上看到的权威知识啊！“哦哦，差点忘了，独角仙也会吃西瓜，苹果……”

“独角仙还会喝酒！”

阿超差点笑喷：“独角仙喝酒？开玩笑，那你可能看了本假书。”

“才不是！”贺祺生气地嘟起嘴。“只要傍晚在树上挂一袋米酒，第二天早晨来看，一定会聚集一大群独角仙。我前几天还捉了两只。”

阿超瞬间变得无比兴奋！他只见过独角仙标本，亲手抓一只活生生的独角仙，是他梦寐以求的事。“家里有酒吗？我们今晚就可以试……”阿超欲言又止，两人同时沉默了。

今晚阿超就要离开贺祺家，明天一早将与同学们坐火车返程。

阿超还在为与独角仙擦肩而过感到遗憾，贺祺在路边摘了一棵野草。他将花与根折断，只留下茎。“哥哥，你抓住另一头，和我一起轻轻地撕开。”

阿超虽然疑惑，但还是照做了。野草的茎慢慢分离，最后却没有断开，中间一条细细的“丝”牵住了两段。

看着阿超疑惑的表情，贺祺挠挠头：“这是农村的迷信说法。这种草叫太阳草，如果从两端撕开不断，那么接下来几天就不会下雨……”话音刚落，天上就飘起了细雨。

贺祺和阿超用手遮住头，“所以我都说了是迷信！”贺祺大叫道。

两人哈哈大笑，连忙往家赶。

五

晚饭后，贺祺一直送阿超走到马路边。

夜幕降临，天空却无比澄澈，平日里隐匿在云层后的繁星，此时也一览无余。阿超没什么兴致欣赏那些风景，短暂的相处，阿超觉得自己已经和贺祺结下了深厚的友谊。

“哥哥，这两天我过得很开心，希望你下次再来！”贺祺打破沉默。

阿超鼻头一酸，转过头：“我以后还会再来的。”

巴士开动了。

阿超突然想起什么，他站起身，隔着车窗大喊：“贺祺，你的手机号……”阿超竟然忘记了一件最重要的事，连贺祺的联系方式都没有留下！

贺祺正张嘴在说什么，但他的声音淹没在巴士的引擎声中，阿超最终也没能听清。他呆呆地看着贺祺的身影消失在道路的尽头……

六

车窗外，阳光明媚，阿超的心情却有点怅然。翻开《家》的第一页，一行小字映入阿超的眼帘：

“哥哥你好，我叫贺祺。这几天请不要拘束，我家就是你的家。”下方，贺祺留下了妈妈的手机号码。

“这家伙真是个有心人！”阿超会心一笑。

“有机会就再回趟‘家’吧。”阿超想。

原载于《中国校园文学》2017年第10期

谎　言

一

连喜是独子。

在连喜记忆中，他的童年是幸福的：父母文化水平不高，但在这个小镇上，他们是一对远近闻名的“进步青年”。特别是母亲，天生就有副银铃般的嗓子。她甚至自学成才，用家里那把老得不能再老的二胡，拉出悠扬的音乐。

可是天有不测风云。在连喜上小学二年级时，父亲在矿上出事了——矿井突然塌方，父亲和几位工友被埋在了里面。父亲保住了一条命，但下半身瘫痪了。

从此，母亲一个人担起了生活的重任——她在医院、小区和各种各样的场所做清洁工，用每月7百元的微薄薪水，苦苦支撑起这个家庭。

父母把所有的希望都寄托在连喜身上，希望他以后能考上一个好大学，找到一个好工作。

连喜没有让父母失望——他从二年级开始担任

班级的学习委员，代表班级参加奥数比赛，并获得了全国三等奖……在高考中，他发挥出色，考上了一所名牌大学。

祸不单行。就在上一个寒假，母亲受伤了——她从楼梯上跌落，摔伤了腿。连喜一边打暑假工，一边照顾父母，母亲的伤有所好转，几个月过去，已经能慢慢活动了。

连喜经过复杂的思想斗争，决定放弃上大学，想留在父母身边照顾他们，这遭到了强烈反对。父母向亲戚借了不少钱，给连喜凑齐了学费，逼着他来到大学校园。

二

揣着父母给的200元生活费，连喜开始了梦寐以求的大学生活。

他学习刻苦，许多教授都很欣赏他；他乐于助人，不少同学都喜欢跟他来往；他彬彬有礼，让校园保安、食堂的叔叔阿姨都赞叹不已。

连喜的大学生活，充实，快乐，有滋有味。他每个星期都会给父母写一封信，问问他们身体如何。母亲在回信中说，她的腿已经好了，现在已找到一份不错的工作。父亲的身体也不错，比以往有精神多了。

每个月，父母都会按时给连喜寄来200元生活费，让他多买些吃的。而连喜不舍得多用，每月都节约一些钱——给自己攒下回家的路费，还得在回家时给父母买些东西。

三

一学期过去，新年即将来临。连喜归家心切，与舍友告别，买了一包礼物，坐上了回家的火车。

老家早已被冰雪覆盖，到处是白茫茫的一片。连喜对这里再熟悉不过了，进入小巷，绕过杂货店，很快就到了家门口。终于到家了，就要见到爸爸妈妈了，——连喜特别激动！他想给爸妈一个意外的惊喜。

门锁着，连喜敲了敲门，没人答应。

“妈可能在镇上吧。”连喜沿着小巷走出来，儿时的记忆一幕幕浮现——那家小超市门口的摇摇车仍然摆在那里，他小时候最喜欢坐这辆摇摇车了；那家织布坊，他曾经冒险向里面丢过“蜘蛛炮”，结果被骂得狗血淋头；那家小超市的“咪咪”可好吃了，是他小时候唯一爱吃的零食……

连喜东瞧瞧西望望，一不小心，撞到了一个人。一位中年妇女，背对着他坐在小超市门口，吱吱呀呀地拉二胡。

连喜不仅撞上她，还碰翻了她面前用来装钱的铁碗，一把零钱全部散落在地上。

“对不起，对不起。我没有看路……”连喜马上道歉，连忙蹲下来，将地上的钱捡起来，放回碗里。

“儿子？”女人有些迟疑，惊喜地呼喊。

连喜抬起头——她正是日夜想念的母亲！“妈？你怎么会在这儿？”

“先跟妈回家，回家后再说。妈要给你做顿好的。”母亲有点又惊又喜，紧张得有点语无伦次。

四

连喜心里很难过。

母亲比以前更加苍老，脸上皱纹更多了，头发花白，龟裂的双手冻得通红。他感到不可思议——母亲不是有工作吗？为什么要到超市门口拉二胡？

“啥都先不说，先让妈看看你。”母亲看着连喜：“真是越来越帅气了，成了个帅小伙了。学校的伙食怎么样？看看你，都瘦了……”

“妈，”连喜打断妈妈的话头，他急着想知道这一切，“你拉二胡挣钱？我爸呢？”

“对不起，儿子，我不该向你说谎的……”母亲忍不住掩面而泣。

“你上大学一个多月后，你爸爸咳嗽，但怎么也愿意不去医院，后来才知道，他患了严重的肺炎，送到医院也没能救过来……我的脚留下了后遗症，不能再工作了，学费是借的，不能不还，我在这儿拉二胡，每天也能挣一点钱……”

连喜听着这一切，惊呆了……

连喜跪在父亲的遗像前，默默地看着父亲：“您放心吧，妈一定会有一个幸福的晚年”。

五

连喜带着妈妈一起回到了大学校园。

学校破例为连喜妈妈安排了一份工作——坐在收发室分发报纸杂志。

连喜学习更加努力了，周六在校外兼职做家教和快递员。他想积攒一笔钱，为妈妈买一辆最好的轮椅，还想为妈妈买一把最好的二胡……

原载于《先锋小作家》（初中版）2015年第09期

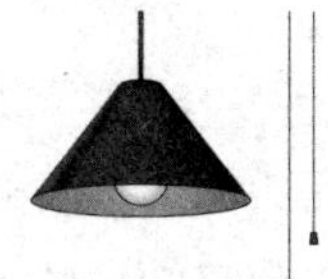

夕 阳

一

初中毕业时，我家境不太好。那时我考上了城里的高中，但学费实在是太贵。父亲为了我的学业，省吃俭用，不惜每天走街串巷奔波卖菜、厚着脸皮向亲戚借钱，总算凑齐了学费。

但我们还没来得及庆祝，父亲就被一辆轿车压断了双腿。肇事车辆当场逃逸，只留下满地白菜和躺在马路上呻吟的父亲。

父亲伤得很重，必须住院治疗。一天天不断积累的医药费把一家人压得喘不过气，最后的最后，他们还是把目光投向了我的学费……

我深知这笔钱的重要，也已做好了辍学的准备，但父亲忍着病痛，咬着牙对我说了一句话："儿子，为了你能念书，我就算残了也值！"

那一刻，我泪如雨下，更坚定了自己的信念——绝不能辜负父亲。

上高中后，我没有食言。我拼命念书，纵使宿舍已经熄灯，我也会借着厕所的亮光温习课本，有时在厕所里一待就是几小时。一开始，还有不少同学对我冷嘲热讽，认为我只知一味死读书；但在我一次次取得了好成绩后，这类同学越来越少，取而代之的是羡慕和敬佩。

我心中那份来自农村的自卑感，在众多赞赏的目光中，慢慢被洗刷干净，我渐渐忘记了取得好成绩的初衷。

二

高三的学习，在紧张的滚动复习中迎来了尾声。

就在所有人认为我将代表学校考出一番骄人成绩的重要关头，一场意外发生，我的人生也随之改变。

那辆大卡车的轮胎里也许是扎进了铁钉，车上沉重的钢筋，让整辆车有些微微倾斜。只是一瞬间——一声巨响，卡车再也无法保持平稳，车上的钢筋顺势滑向了正在等红绿灯的我……我的世界突然一片漆黑。

再次睁开眼睛时，我的眼前一片纯白，右手和右腿都已经没了知觉。鼻腔中充斥着熟悉刺鼻的消毒水气味。

一个男人的声音传进了我的耳朵：“你被钢筋砸中了，当场昏迷，卡车司机把你送了过来。万幸，只有右手和右腿骨折。”这是我的主治医生。

“我的脸……”我感觉脸上紧绷绷的。

“抱歉，我们已经尽力了，但钢筋划伤了你的右脸颊……伤疤可能会终身留存。”医生很无奈。

我还有更担心的事：“我大概还要多久才能康复？”

“这很难说，但至少得两三个月。”医生的语调很轻，也很肯定。

我的付出，我的努力，我的期待……我的一切一切都因为这一句很肯定的话，变得毫无意义。

我的理智在那一刻崩坏了，如断线木偶般有气无力地念叨：“那高考怎么办……”

医生沉默了一会儿：“……先把伤养好，现在先别想高考的事！”两行热泪淌过了我的双颊。

三

我在心里默默安慰着自己：“没事，大不了从头再来！”我乐观地以为，回到学校复读后，一切都会和之前一样顺利。

但我显然错了。虽然老师和以往一样表扬我，新同学与以往一样和我勾肩搭背，但我觉得，他们看我的目光里仿佛多了些东西——抱怨？恐惧？同情？就因为那场意外，老师对我的期盼打了水漂，我的脸多出了一道骇人的伤疤，我对自己人生失去了信心。

我一直生活在这样的目光里，重复学习着自己早已掌握得很好的知识，勉强地支撑着自己微笑的假面孔。我承认，我很累了。

每天早上，我都会摸着右脸上早已愈合但格外醒目的伤疤——镜中的自己头发凌乱，双目无神，堆积着厚厚的眼袋……

我终于承受不住来自内心深处的无可名状的压力。那天，我首次旷了课，来到学校附近最高的一栋大楼，脑子瞬间闪念，要从这里永远离开！

天台上空无一人，风有点凉，显得格外冷清。

我站在天台的边缘——这里是整个城市的最高点，放眼望去，景色尽收眼底。繁华的都市、拥挤的人群，仿佛顿时化作了一幅美丽的油画，我神情恍惚，感到心情莫名其妙地好了起来。

“你在看啥？”背后突然传出的声音，把我吓了一大跳。我慢慢回头——一位身穿花布衣裳的阿姨，正端着一盆洗好的衣服，笑眯眯地看着我。她的花布衣裳，与这个繁华的城市，与这栋高楼，显得格格不入。

阿姨见我看着她发呆，显然看透了我的心思，毫不在意地笑笑：“我平时在家里就喜欢这么穿！”她径直走向天台的晾衣竿，一边晾衣服一边说：“你穿的校服，是附近学校的吧？现在可是上课时间哦……要不要到我家坐会儿，我可喜欢孩子啦！”

我愣住了——我的脸都成这副模样了，还有人愿意把我当作正常的孩子吗？看着她慈祥的笑容，我感受到了久违的温暖。

四

阿姨的家很大，很有现代风格。但她身着花布衣，为这房子平添了一丝违和感。

我平静地讲述着自己的经历，阿姨静静地听，然后走进了房间。回到客厅时，她的手里多了一包红色的香囊。

“你闻闻，这香囊香不香？”香囊略显老旧，表面的花纹也模糊了。“这香囊对我来说，香得不得了，这是女儿工作后送我的第一份礼物。我们这些做父母的，其实最期望的只是儿女平平安安，儿女偶尔惦记惦记我们，对我们来说就是最好的礼物啦。”

看来，阿姨是一个很孤独的人。

我突然想起，我已经很久没有给父母写信了！

“你的爸妈肯定也特别担心你的现况，可别再让他们操心了，给家里报个平安吧。对了，你可不能做对不起父母的事哦！他们会伤心的。”

我的心咯噔一下：“阿姨，您的女儿在国外吗？”

“她走得太远了——太阳都已经落山啦。”阿姨抬头望向窗外。顺着阿姨的目光，我看见，夕阳正慢慢地消失在远山，那最后一丝光，依然那么耀眼……

五

纵然前程漫漫，一路坎坷，我最终还是选择了坚持。

我没有上大学。后来，我去了另一座城市，打拼成了一家小型企业的老板，有了一个美满的家庭，把父母也接到了城里。

我一直惦记着那位住在高楼里的阿姨，几乎没费周折，很快便找到了她的家。

隔壁的老奶奶却告诉我：她早就搬走了。老奶奶和阿姨很熟，她告诉我，阿姨姓刘，是一家国际时装公司的董事长。

“那天刘阿姨穿着一件花布衣裳。”我回忆着。

“小刘经常穿的那件，是她女儿帮她设计的。她女儿的梦想就是开一家服装店。她可真是能干，从设计到管理，都是一手操办，那家服装店，品牌越做越大……”

“她的女儿呢？”

“服装店刚开不久，就出了车祸，走了……”老奶奶一声叹息！

六

“生命是很脆弱的。我不敢说生命是什么，我只能说它像什么。”这句话，是我那天离开刘阿姨的家时，她对我说的。刘阿姨说：“这天边的夕阳就像生命，每天都要从天边消失，但是第二天又会回到天空。生命不也是这样有起有伏的吗？”

听毕，我低头沉思。

我慢慢走到窗边，夕阳已逝。我在想，明天一早，一轮新的朝阳又将从东方升起！

原载于《封面人物》2016年第040期，2016年3月9日发表于《深圳青少年报》·中学周刊

第三辑

虚影

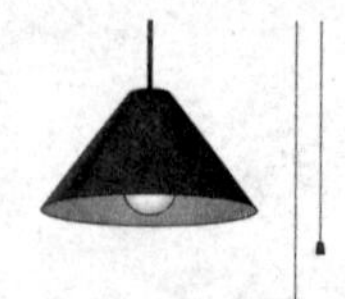

暖　秋

一

又是一年秋天。

转眼间，楚清已经在“金鹏中学”度过了一年时光。暑假过去，他也上初二了。他站在校园门口，看着在校内追逐打闹的初一新生，想象着当学长的滋味，不禁微微一笑。

新学期第一堂语文课，老师重重地在黑板上写下本学期的第一篇作文题目——“深圳之秋”。深圳有秋天吗？楚清眉头紧锁。

二

楚清是一个幸运的孩子，在大山深处的那个小村子里，只有他得到了来深圳读初中的机会。但他同时又很不幸——在那场大地震中，作为家庭支柱的爸爸离开了人世。

那时，义务教育在落后的农村已经推广开来。

读书不用钱，但学习用品、家庭开支等，全都由柔弱的妈妈一人扛着。妈妈不辞辛劳，同时打两份工。楚清知道妈妈辛苦，努力学习之余，还主动揽下了做饭的任务。每晚十一点，当妈妈回家后，都能吃上一口热饭。无数个深夜，他躺在床上，听着隐隐约约碗筷碰撞的声音，暗暗告诉自己——一定不能辜负爸爸妈妈！

小学六年级，楚清因为学习成绩优异，成为“深圳助学基金会”的资助对象。按照资助计划，他将在“金鹏中学”住校读完三年中学。而妈妈也将一起来深圳，在一家公司做清洁工。

妈妈特别高兴，当晚没有再去加班，亲自下厨做了一顿“满汉全席”。可楚清心中一直忐忑不安——深圳是个大城市，那里的同学会愿意接受我吗?

三

刚到深圳时，正值秋天。这里的气候让楚清有些懵了——正午的太阳散发着自己的光和热，高楼间、马路上，四处泛着热浪；勒杜鹃和凤凰花仿佛不知疲倦，争相盛开……深圳的秋天，让他很不适应！

家乡的秋天，在楚清的记忆里，是红红火火的收获季节！

山上飘满了随风舞动的落叶，落在地上仿佛盖上了一层绒毯；红彤彤的石榴挂在枝头，宛如一簇簇燃烧的火苗；谷穗一天天地弯下腰，一粒粒谷子硕大又饱满，像琥珀一样泛着金光；金灿灿的玉米棒子，似乎是整齐列队的士兵在接受检阅……

楚清深吸一口气，走进了自己的班级。

同学们正在热火朝天地讨论，见楚清进来，纷纷把头转向他——大家都穿着校服，可自己的校服还没有领到，身上略显老旧的运动服十分扎眼。

楚清感到脸上一阵发烫，他连忙低下头，快步走到最角落的座位坐下，用课本遮挡住自己红透的脸颊。几位同学还在不时回头看他，这让楚清更加紧张了。

过了一会儿，确认没人再注意他后，楚清才悄悄抬起头。

教室的空间相当大，各种设施都十分齐全——讲台上的那块白色的板子……大概就是网上说的投影仪吧。他看了看自己军绿色的书包，又用余光瞥了瞥同学们的书包————那些五颜六色、款式各样的书包，肯定都是名牌！

“请大家回到座位上。”一位女老师面带微笑，走上讲台。

“大家从今天起就成为初中生了，我是你们的班主任林老师，”林老师在黑板上工整地写下自己的名字，“我们班有一位从远方来的同学——楚清同学，请起立，为大家做个自我介绍吧！”

楚清稍微犹豫了一下，慢慢站了起来：“大家好，我是楚清……”整个过程中，他双眼紧盯地面，手指不断抠着桌角，生怕接触别人的视线。

“好的，请坐。”林老师继续说，“楚清刚从内地来到深圳，同学们要多照顾他”。

楚清刚舒了口气，林老师又给了他“当头一棒”：“以后，楚清就是咱们班的电教委员了。”

“啊？可是我不会用电脑……”楚清的脸又红了。

“没事儿！我教你！”一旁的同桌拍拍胸脯，豪爽地承诺下来。

下课后，同桌二话不说就把楚清拽到了讲台：“按这个键开机，这是鼠标，按左边打开程序，”同桌挠挠脑袋，“投影仪我好像不会用……”

看着同桌手把手教自己，感谢之余，楚清也有些不好意思。

“别担心，大家都会帮你，以后要把电脑管理好哦，委员同志。”同桌故意俏皮地笑笑。

“楚清，你老家在哪儿？景色是不是特别漂亮？”“你老家有什么好吃的，能讲讲吗？”不知不觉，他的身边已经围了一大圈人。

“当然，山清水秀呢。好吃的可多啦，每年中秋节，每家都吃刚刚收割的最新鲜的大米，那香味就别提啦！”楚清开心地笑了。

四

进入深秋，天气渐渐转凉。

楚清换上了长袖外套。“脏衣服攒了不少，周末要麻烦妈妈了。”楚清边走边想，径直来到宿舍摆放行李箱的角落。他迫不及待地想回家，母子俩最快乐的时候就是周末。

但是，原来放着行李箱的位置早已空空如也。

不会吧！楚清赶紧四处张望，也许是位置记错了？

银色的行李箱，是妈妈专门买给他住校用的……行李箱里不仅有衣服，还有他最宝贵的东西——随身听！

“绝对不能弄丢啊！”楚清拼命祈祷。

以前可从没出过这样的事，是不是同学不小心拿错了？楚清立刻赶回班级，把这件事告诉了大家。班长动员同学们，一拨人去宿舍找，另一拨分头去各班询问有没有拿错的行李箱。还有一位阿姨在家长群上发布了信息，其他班级的家长看见后纷纷转发……

这些善良的人们，让楚清心生暖意，也更加坚定了他找到行李箱的决心……

到家时，楚清一脸沮丧。看着一脸笑容的妈妈，他不敢说话。

“没事，不就是一个行李箱嘛！丢了就再买一个！”听完事情经过后，妈妈故作轻松地说。其实，楚清更希望妈妈批评他几句，此刻的安慰更让他难受。

星期天下午，楚清回到学校参加晚自习。校门口，门卫查看了他的校园卡："哦，楚清同学，你的行李箱在门卫室。"

楚清几步跑到门卫室——行李箱果真在！他赶紧打开箱子，摸了摸校服口袋——随身听不见了！楚清的心脏猛跳起来！

他赶紧把校服取出来，这才发现，原来随身听就压在校服下面。

"原来从衣服里掉出来了……"他舒了一口气。

这时，一张纸条引起了楚清的注意。"同学：周五走得太急，拿错了你的行李箱，真的很抱歉，箱子里的衣服已经洗干净了。"

楚清这才发现，衣服被叠得整整齐齐，散发出淡淡的清香……

五

楚清眉头舒展，奋笔疾书——

一瞬间，楚清仿佛又看到了沉甸甸的稻穗和金黄的玉米棒……

他觉得，深圳的秋天，充盈着浓浓暖色。

原载《中学生》2017年第11期，2015年11月18日发表于《深圳青少年报》·中学周刊

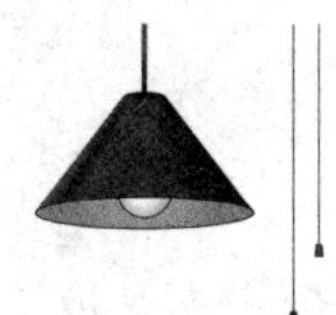

宿管“大肚刘”

大肚刘，男生宿舍三楼宿管。

他姓刘，没满三十，却挺着中年男人的啤酒肚，宿友们私下都叫他“大肚刘”。大肚刘戴着副黑框眼镜，可没半分书生气，镜片后绿豆小眼中透射出的犀利目光，总让大家心里发虚。他说起话来一股港味，还时常身穿花短裤，脚踩人字拖，颇有几分“老江湖”风范。

一

小凌就读的重点高中，校规校纪较为严格。也许是为调剂紧张氛围，宿舍的管理宽松许多。据学长透露，大部分宿管都是年轻大学生，对新生比较宽容，这让小凌松了口气。

但是小凌所在的三楼，是大肚刘的地盘。

高一开学，小凌领完新课本就回到宿舍。宿友们经过一周的军训也相互熟悉，大家开始闲聊起来。“三楼所有宿舍的六号床，全部过来！”聊到一半，宿舍外一声大吼震住了所有人。

“我？”小凌摸摸脑袋，疑惑地走出宿舍。

走廊尽头已经聚集了一群男生，他们围绕着一个男人站成了一圈——这人挺着大肚子，一脸不满，好似向人讨债的债主。

男人手一叉，环视一周，向墙壁一靠，直勾勾地盯着小凌：“数数人来齐了没有。”

“啊？”小凌一时没反应过来。

“我让你数是不是十六个人！”小凌连忙点头。

“我是刘老师，你们的宿管老师。你们就是各个宿舍的宿舍长了。”

“宿管，人到齐了。”

大肚刘瞟了他一眼，装作没有听见。

“现在我来讲宿舍的规定，你们回去后要向宿友说明。但首先我要强调一点，”他转过头看着小凌，故意加强了语气，“不准叫我宿管或是宿管老师，只能叫我刘老师，明白了吗？”

二

虽说叫“大肚刘”，他可一点也不“大度”。大肚刘最中意的工作就是——扣内务分。

结束了第一天的课程，小凌兴冲冲地回到宿舍，打算洗个热水澡。路过记分板，不经意地一瞥——板上密密麻麻的扣分项吓得他停下了脚步。“垃圾桶里有垃圾？床底没扫？被子床单乱？”

小凌连忙赶回宿舍——垃圾桶里就一小片包装纸，床单也没多少褶皱，这分扣得有失公正！再看记分板，其他宿舍也没能幸免于难，内务都是扣五分起步，最高十二分！

傍晚大肚刘来查人数。小凌鼓起勇气，向他申冤：“老师，我觉得您扣错分了。”

“你们扣了哪些分？”

“床单，被子，垃圾桶……”

大肚刘立即打断小凌：“我问你，床单有捋平压好吗？被子有按方法来叠，按要求放吗？垃圾桶有洗吗？”

小凌一时语塞。

“没达到我的要求就要扣分。宿舍不是你们家，所有内务都按照军训时的要求来，才过几天就松懈了？”

“明天中午来找我，忘了要求，我就从头教你一遍。”说完，大肚刘把门一摔。

三

大肚刘有个癖好——躲在门外偷听。

每间宿舍的门旁都开有一扇小窗，大肚刘要求在睡觉时打开小窗，这样再细微的声音也无法隐藏。

过了熄灯时间，大肚刘会在三楼巡视。大家毕竟都是刚上高中的小屁孩儿，到了晚上总想聊聊天。每当窃窃私语声出现，就是他大显神威的时候。

大肚刘捉人有自己的一套。

听见说话声，大肚刘不会立刻行动，而是贴在门旁，静静地偷听对话的内容。若是立刻结束，大肚刘就会打开门提醒，然后离开继续巡视。可如果被他当场逮到，那可就不好过了！

大肚刘会找准时机，打开手电筒，一脚踹开宿舍大门。面对鸦雀无声的宿舍，大肚刘一边冷酷地微笑，一边重复他们对话的内容。最后，在恐惧气氛达到顶点时扔下一句“自己承认！”

主动承认，惩罚就只有写检讨和扣分；可如果没有人承认，那全宿舍都要在走廊上站一个小时，一人扣两分。这招屡试不爽，还能杀鸡儆猴——突如其来的踹门声就是全楼层的警报。

小凌的宿舍从没被大肚刘逮过，并不是因为他们不讲话，而是有正当理由——宿舍的小窗坏了。小凌身为宿舍长，也严格制定了“防范措施”：每晚最多只讲十五分钟，由视野最好的七号床和一号床轮流值班，如果发现大肚刘的身影就连咳三声提醒。

但他们终究还是有大意的时候。

期中考结束的那个晚上，大家大谈特谈。正聊到兴头上，门突然被踹开：“说啥呢？这么高兴？”大肚刘满脸得意笑容。小凌望了望今晚负责值班的小梁，小梁摇了摇头——没看见大肚刘。看来大肚刘今晚放弃了偷听，选择主动出击！

“那个……老师，宿舍长在给我们讲明天语文考试的注意事项！”小梁急中生智。

“你们期中考试还没考完？”大肚刘明显有些怀疑。

“对，还有明天一天。”大伙不禁屏住呼吸，空气安静了整整两秒。

大肚刘想说什么，但还是无奈地摇摇头：“明天考试还不早点睡，别让我再逮到第二次！”

大肚刘离开了五分钟后，大家都不约而同地笑了起来——看来他们在与大肚刘的斗智斗勇中，又添上了一次胜绩！

四

偷偷带手机去宿舍，也许是每个高中生的日常。许多宿管老师也默许了这件事——前提是不影响休息和学习。

小凌的父母不允许他带手机，最多只能带台MP4听音乐。刚开学的一周，小凌把它藏在书包的夹层里，生怕被没收。但大肚刘并没有主动搜查过手机，仿佛并不怎么在意电子产品。

后来，小凌试着把它们藏在枕头下，还是没见大肚刘有所行动。这下小凌彻底放下了警惕——说不定大肚刘就是不收手机呢！再说，MP4被收了应该也能拿回来。

大家万万没想到，大肚刘这盘棋下得这么绝！

像平常一样，小凌回到宿舍，照例检查枕头下的东西，然后去洗澡——本来应是如此。小凌心里突然咯噔一下——枕头下什么都没有！

“MP4藏在枕头套里，如果不把枕头掀起来绝对发现不了，一定是不小心落在哪里了。”小凌在床上翻找许久，却还是没有发现。小凌有些心虚，他走到记分板前。

经过大肚刘的“耐心教育”，三楼的内务有了极大改善，内务分已基本不扣了。但今天的记分板却密密麻麻地写满了“没收手机”这一从未出现过的扣分项，小凌也榜上有名。

MP4果真被大肚刘发现了，宿舍中招的还有小马和小李。粗略估计，全楼层被没收的手机超过二十部！老奸巨猾的大肚刘怎会放纵他们呢？其实答案一开始就很明显——放长线，钓大鱼！

再后悔也无济于事，经过全宿舍讨论，大家一致决定：派小凌前去与大肚刘交涉。小凌作为宿舍长，比较好说话，而且他的损失最小。纵使内心万般不愿意，小凌还是硬着头皮来到了宿管办公室。

开学好几周，小凌还没主动找过大肚刘。他感到双腿正不停地打战，他深吸一口气，敲了敲门。

“进来。”

房间里飘来阵阵冷气，可背后冷汗还是流个不停。

“小凌，有什么事？”大肚刘记名字倒挺快。

“老师，额，我的MP4……”

“哦，为这事来的。”大肚刘脸上浮现出看破一切的笑容。“对，它在我这。我说过，不能带手机来。”

“可我用的是MP4……”

“有区别吗？”大肚刘不为所动。

“只能听音乐。”

“我问你，学生的本分是什么？学习！整天带个耳机像什么学生？听音乐影响休息，有这么一句话：中午不睡，下午崩溃！”

“可我只有晚上睡觉前听……”小凌低下了头。

“那更影响上课！”

“老师，能不能还给我，我保证周末就带回家。”小凌几乎在央求了。

“这些手机都要交给年级长，高三毕业才能还，让你们吃吃苦头！”大肚刘转头看着电脑屏幕。

“老师，我保证不再犯，求您了！”小凌有些着急。

“这样吧，我们俩做个交易，”大肚刘摸摸下巴，“你们宿舍里肯定还有人带了手机，你把名字告诉我，我就还你。”

“都被没收了。”

“没说谎？”大肚刘眯着眼，仔细地打量小凌。

“没有！”小凌尽力放大音量，使回答显得更加自信。

“人们说谎的时候都喜欢错开视线，你可别骗老师，老师学过心理学。”一听“心理学”三字，小凌立刻慌了神。

准确捕捉到小凌的动摇，大肚刘翘起二郎腿，眼中闪过狡黠的光。

“老师保证不会偷偷收他们手机，只有当场抓到才收。”

“真的没有了！”

“老师不会透露是你说的。”

“额……”

“这些要三年后才能还回来，以后可没这机会了。”大肚刘又展开了一轮攻势。“你要相信老师……”

终于，在大肚刘长达十分钟的强悍“连珠炮”下，小凌选择缴械投降，被迫“出卖”了五号床的小马。好容易拿回了MP4，小凌却一点儿也高兴不起来，愧疚让他一整个晚自习都打不起精神。

回到宿舍，小凌私下把这件事告诉了小马。小马没有怪他，只能苦笑着抱怨：“大肚刘的套路可真厉害！”

大肚刘也算言而有信，再没找过小马和小凌的麻烦。

五

临近学期末，马上是一年一度的宿舍文化节。

不得不吐槽一句：在期末举办活动，是谁想出的烂点子！都忙着复习，哪有什么时间来准备文化节！

大肚刘这家伙却根本不在乎，每天“压榨”他们：“这周每个宿舍至少拿出两篇文章，配图自己想办法。”

小凌他们自然没法完成这艰巨的任务——期末考提前了整整一周。而且本次考试将作为分班的重点材料，他们每天的午休时间都拿来复习，更不用谈抽空来写文章。

这天中午，大肚刘又来了。

“写篇文章多大点事！整天抱怨时间不够，只知道临时抱佛脚，也不知道平时学扎实，现在知道着急了？”大肚刘不屑地笑笑。

连续好几天的重压让所有人心情都不太好，现在大肚刘几句冷嘲热讽，让宿舍的气氛一下子紧张起来。

“你行你来啊！”小梁一时没能压住怒气。

“你再说一遍？”大肚刘没想到有人敢顶他的嘴。

“整天只知道说我们，我们不用考试吗？你有你的钱要赚，我们也有我们的事！”

“拽什么拽？这是宿舍不是你家！”两人愈吵愈激烈。

“反正下周就考完期末，留在这我还不如回家住！”

大肚刘没有说话。糟了！其他人也不由得屏住了呼吸。小梁意识到自己说过了头，但他依然不露半点怯色。

许久，大肚刘总算开口了：“你们……下周考试？”

大伙惊得目瞪口呆——作为宿管连这事都不知道？

“初中部不是还有一个月吗？”

“高中部本来就比初中部早一周考试，而且这次期末考提前了一周……”大肚刘一副若有所思的模样。

临走前，大肚刘瞪了小梁一眼，没有说话。

“完了完了，今晚我就要卷铺盖回家！”小梁抱住头，绝望地大喊。大家都明白惹怒大肚刘的下场——轻则停宿两周，重则送到教导处教育，直接退宿！这回小梁只怕是凶多吉少！

但结果出乎所有人意料——小梁并没有受到惩罚，大肚刘从那天起，也再没提起过准备文化节的事。大家松了口气，全心全意投入到复习中。终于，期末考试圆满结束。

小凌和小梁准备把课本从教室搬到宿舍，方便放假时整理。

路过大肚刘的办公室时，大肚刘正巧在向总宿管汇报。“期末考提前，他们确实来不及准备……”

哥俩交换了一下眼神——大肚刘在说文化节的事！

“这事怪我，我抓得不够紧。还剩下两天，今晚我立马让他们把文章写出来给您送过去，不好意思……”

晚自习前，大肚刘来到宿舍。

“考完试，你们也没理由欠账了，晚自习结束前把文章……”话还没说完，小凌就递给他两张作文纸。

“嘿，效率挺高啊……《宿管‘大肚刘’》？”看见大肚刘那惊愕的表情，小凌忍不住笑了。

六

最后一周，大伙格外兴奋。

全员的期末考试成绩都比较理想，下学期不出意外还是同班同学。小马已经开始计划他那丰富的暑假生活；小梁老早就让父母把课本带走，准备轻轻松松地回家；值得一提的是，今天是小凌的生日。

小凌准备违反校规，中午请全宿舍吃外卖。

接过热腾腾的外卖，大家开始狼吞虎咽，但小凌迟迟没有动筷子。眼尖的小梁看到了多出来的那一份：“怎么还有？不要给我。”

“嘿嘿，这是给大肚刘准备的！”小凌满脸坏笑。大肚刘可不允许他们在宿舍里吃东西，到时准能给他一个大惊喜！

所有人都向小凌伸出大拇指：“高，实在是高！”

到了午休时间，大肚刘却迟迟没有出现。

平常应该早就来了。“大肚刘去哪了？”话音刚落，门突然打开。

在众人期待的目光中，走进宿舍的并不是大肚刘，而是一位从未见过的女老师。“我是新来的宿管，我姓肖。”

大肚刘走了？

七

关于大肚刘离开的传言有很多。

有人说大肚刘得罪了高层，被辞退了；有人说大肚刘家里出了事，回老家了……小凌这两天一直没法静下心，他决定去问问肖老师。

“刘老师？他的高中部实践期结束，所以调到初中部去正式做宿管了。”小凌总算是松了一口气。

“呀，差点忘了！”肖老师从衣柜里翻出一个鞋盒，里面装满了东西，沉甸甸的。“他让我把手机还给你们。”

小凌会心一笑。

原载于《中国校园文学》2018年第07期、《遇见》2018年第01期

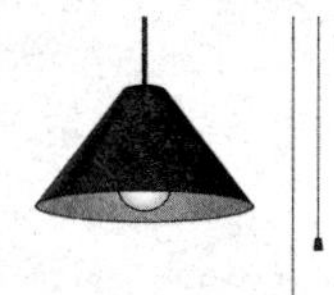

刷　题

一

国庆长假第三天，小林一家到潮州自驾游。

小林照例背着他的大书包——家庭作业早已在前两天完成，里面是几叠厚厚的课外练习题。小林尤其喜欢在外出时刷题——不仅能收获新知识，还能得到叔叔阿姨们的称赞——谁不喜欢热爱学习的孩子呢?

这次出游，老爸特意邀请了潮州的朋友同行。

听老爸说，叔叔是个商人，他的儿子比小林小一岁。以前常听说，潮州家长比起学习，更加注重培养孩子的经商头脑。“这回要好好地‘装’一把！”小林的虚荣心开始作怪，不禁露出了得意的笑容。

高速行车顺畅，小林戴着耳机，一路刷题，四小时车程就到了酒店。小林老远就瞧见门口站着一位叔叔，身穿紫色衬衫，黑色西裤，皮带紧勒硕大啤酒肚，乍一看，他竟神似葫芦！“简直就是个‘紫葫芦’！”小林忍俊不禁。

小林赶紧低下头，继续“钻研”手中的题目。

老爸一下车，赶紧给了“紫葫芦”一个大大的拥抱。

“老林，这是你儿子？”唠完几句家常，“紫葫芦”拍拍小林的肩。

“叔叔好！”

“真有礼貌。嗯？这是作业？”“紫葫芦”注意到小林手中的练习题，顺手翻了翻练习册的内容。

“不是，作业已经做完了，是我自己买的课外练习。”

“紫葫芦”竖起大拇指称赞：“外出都不忘学习，这孩子了不得！”小林受到表扬，不好意思地挠挠头。

“哪里的话！你儿子多优秀啊！”

二

上菜还有半小时。

“你要跟叔叔的儿子多交流学习”老爸叮嘱道。

“小葫芦”留着一头长发，穿着双名牌鞋，比小林矮了半个头。小林一看心里就有数——这家伙十有八九是个“问题学生”。果不其然，“小葫芦”一点作业也没带来。

两个孩子相互打完招呼后便没了话题。“小葫芦”掏出手机，开始对着屏幕戳戳点点，小林则是继续刷题。也许在外人看来，他们俩已经停止了交流，但是小林明白——两人的对决才刚刚开始！

“小葫芦”看起来在聚精会神地玩手机，实际上，他正时不时用余光偷偷瞄小林；小林似乎与一道数学大题激战正酣，而现实是——他因为过度注意“小葫芦”，连最基本的辅助线都没有做出来！拉锯战就这样无声无息地进行着，两人十分清楚——这是一场事关假期活动的战争，是在手机朋友圈的美图中徜徉，还是在浩瀚的题海中遨游，胜负就在这一刻！哪一方先向对方挑起话题，就宣告着他的败北！

老林和“紫葫芦”的家常已经唠完了，沉默突然降临在偌大的餐桌上。

“小黄同学，你下学期也要上高二了吧？”觉察到气氛有些尴尬，老林首先尝试着打破僵局，“假期作业做完了吗？”

“我准备最后两天集中做作业。”“小葫芦”依旧低头看着手机屏幕。

“我倒是习惯先把作业做完，后面几天来刷刷题，”小林把笔一丢，伸了个懒腰，“光靠老师布置的那点题目怎么可能学得扎实？”

“我老师说过一句话：‘玩就开开心心地玩，学就认认真真地学。’”“小葫芦”跟了一句。

嘿！这小子说话还有点水平，绵里藏针啊！

餐桌又归于寂静。家长们明显发现了两个孩子的对峙，他们正在思考着如何缓解局面……“您好，请让一下，上菜了。”

小林连忙收起练习册，“小葫芦”也很干脆地关闭了手机屏幕。

家长们长舒一口气。

三

老林和“紫葫芦”明显有些喝高了。

“来，儿子，给我说说这几个单词是什么意思！”这是只认识几个字母的“文盲”老林最喜欢提的问题。小林叹了口气，接过老林递来的东西——一张不知哪来的教育机构宣传海报。小林一看，心里直打怵。“这宣传单上有不少专业术语和生词，只怕是要出糗了！”

小林只能硬着头皮翻译：“……我们为孩子提供优质的教育资源，培养……innovation ability？”小林的脑袋突然嗡的一声变得一片空白。这词见过好多次，啥意思来着？小林额头上冒出了汗滴，他深吸几口气，强迫自己冷静下来，在脑中仔细检索着这位“熟悉的陌生人”……又是好几秒的沉默。

“innovation ability，创新能力。”沉默的“小葫芦”突然开口。

“就是这个！”小林一拍脑袋，这小子，还有点内容！

“紫葫芦”哈哈大笑：“我们家公子没事干就看美剧英剧，倒是学了不少外语。”

“你喜欢看美剧？”这下可戳中了小林的兴趣点，“不是我说，我可谓阅剧无数！”

“哦？”“小葫芦”一听也来了兴致，“你最近在看啥？”

四

旅行结束，回家途中。

老爸突然开口：“儿子，你觉得这本练习册难度够吗？需不需要换一本？”小林一脸诧异——以前他买练习册，父母从不过问，今天怎么太阳打西边出来了？

“不用，我觉得挺好的。”

“叔叔私下跟我说，你这本书难度不太够，大部分都是基础题，光刷这些题没有什么意义。”“紫葫芦”还会给我提建议？

“他懂吗？”小林的语气中透露出几分不屑。

“人家可是教育机构的老板哦，他不懂谁懂？”老爸笑着说，“我没说过吗？他儿子还在学校的‘清华北大班’排名前五！”

这些，老爸之前真没说过！

原载于《中国校园文学》2020年第09期

隐　痛

一

阿博在市里的一所知名中学上初二。他成绩优异，总成绩稳居“创新实验班”前三，年级排名从未跌出前十，同学送号——“学神”。

学校有规定：连续两年获得“年级之星”，就能成为“校园之星”。初一上学期，阿博如愿以偿地捧回“年级之星”，下学期却因一分之差与“校园之星”擦肩而过。这是阿博心里的隐痛，痛了整整一学期！

初二上学期，阿博非常幸运，再次拿下“年级之星”。因此，初二下学期的考试就至关重要了。

“校园之星”搅得阿博内心翻江倒海——他想象着自己在激昂的乐曲声中，迈着轻快的步伐走上主席台，在老师们赞赏的眼神中，在同学们羡慕的目光中，从校长手里接过奖状……

妈妈许诺：这次如果得到“校园之星”，就奖励阿博一双篮球鞋。阿博主动拒绝了——他早已对物质奖励失去了兴趣，对他来说，“校园之星”才是真正奋斗的目标。

二

期末考试在同学们的殷切盼望中姗姗来迟。当然，多数人其实是盼着假期。

早已完成复习的阿博，轻松上阵，所向披靡。语文和英语感觉良好，其他科目也都考得不错。现在，他离“校园之星”只有一步之遥——数学。阿博得意地笑了笑——数学可是他最拿手的科目。

数学考试，阿博有经验，简单的基础题不足道哉，难点集中在“压轴题”上——尤其是最后一题的最后一小问。“这可是拉开分数差距的关键”，他暗暗地想。

清脆的铃声打响，数学考试准时开始。

不出所料，前面是坦途一片，一鼓作气做到最后一题，阿博悄悄偏过头瞟了瞟身边的同学——他们还在前面的题目上挣扎呢。

看到“压轴题”的一刹那，原本充满自信的阿博突然懵了——他有印象，这道几何题是老师分析过的一道原题！而阿博偏偏因为有急事，那节课请假了！后来他看了看这道题，觉得不要紧，就没有把这点知识补回来……

把题目看了一遍又一遍，阿博的眼神有些慌乱，额头上源源不断地渗出汗珠——根本无从下手！

阿博握紧拳头，狠狠砸向自己的大腿。他又瞄了一眼“竞争对手”们——不好！他们也做到了最后一题，马上就要赶上自己了！

实在是想不出解法，慌乱之下，阿博又看向时钟——只剩下三十分钟，可最后一问还是一片空白！教室里静得吓人，他能听见笔尖摩擦试卷发出的“沙沙”声，还能听见自己的心跳，墙壁上，时钟的嘀嗒声仿佛越来越快，好像在疯狂地击打着心脏……

三

阿博感到内心一阵刺痛。

自己为“校园之星”做了多少准备？流了多少汗水？牺牲了多少时间？就因一时的自大，一切努力和拼搏便都成了徒劳，成了泡影！怎能接受！

要想办法，把这一切挽救回来！

转头看了看身旁的同学——答题卡，就放在课桌的右端。

阿博吞了吞口水，忍不住想看一看。他从未做过弊，也从来不屑于做弊，但现在是“非常时期”，如果数学考砸了，“校园之星”可就泡汤了……但阿博立刻将头缩了回去，不行！他摇摇头——就算不会，也不能欺骗自己！

但答题卡上的空白，又像利刃刺痛了他的双眼。

阿博感觉身上仿佛有数千只蚂蚁在爬动，浑身不自在；心里更是煎熬，总想向旁边悄悄瞄一眼……

“校园之星”对阿博的诱惑，最终占了上风。

阿博将椅子轻轻朝左移了移，确保能够看清楚答案。他安抚着自己狂跳不止的心脏：“没事的，只是看看辅助线的做法，这不是作弊……”阿博斜着眼瞟了瞟——他正在检查选择题，丝毫没有注意到阿博的异常。阿博抬起头用余光扫视讲台——老师正站在书柜旁，翻阅一本课外书。时机正好！

阿博慢慢将脑袋靠了过去，同时注意着老师的一举一动。

比想象中的顺利！阿博饥渴的眼神，此时仿佛像看到了绿洲，双眼闪耀着光芒……

“咳！”突然传来一声咳嗽！宁静的教室里，仿佛响起了“平地惊雷”。

阿博下意识地认为被老师发现了，一个激灵转过身去——用力过猛，身子一歪差点摔倒。装出正在思考的样子，阿博感到自己的心脏正在“横冲直撞”，仿佛顷刻就要跃出胸腔。

同学们纷纷回头看向教室中央的一位同学。这位“肇事者”意识到自己的咳嗽影响到了同学们，不好意思地笑笑。

原来是虚惊一场。

阿博自嘲地笑笑：“唉，就因为这点小事怕成这样……”最后二十分钟！阿博伸手擦去头上的汗珠，准备再次实施“计划”。

不过这次阿博学“乖”了——不再“光明正大”地抄题，而是运用“小计谋”，他装作不小心把笔掉在地上，借捡笔的机会，偷看辅助线的做法。

像抓住了救命稻草，阿博马上奋笔疾书。步骤写简略一点，工整的字迹也开始趋于“狂草”……经过十多分钟的“艰苦奋战”，他把笔一丢——终于写完了！

四

阿博心里有数——如果不出意外，这次的“校园之星”应该非他莫属了。但是不知怎的，他高兴不起来。想到自己将要得到梦寐以求的荣誉，阿博心中竟有种说不出的难受。

数学考试时发生的一切，反复在他的脑海中出现，像梦魇一般挥之不去……

夜深人静，阿博躺在床上，辗转反侧——

同学们正为“校园之星”花落谁家讨论得热火朝天。上课铃准时打响，班主任走进教室，一脸严肃。

“关于期末考试，有一个坏消息要告诉大家。”班主任顿了顿，脸色有些难看，“班级里有一位同学考试时作弊，被监控录像拍了下来。”

阿博的心咯噔一下。

“经学校商议，我们决定将他的成绩做零分处理。”

阿博感觉自己的心脏仿佛停止了跳动，眼前的一切都静止了……

班主任将目光转向他，眼神中明显透出失望：“阿博，请起立……”

“不！”阿博大叫着，从床上摔了下来。

是一个梦！

阿博回到床上，再也难以入睡，梦中的一幕是那么真实。他的心隐隐作痛，懊悔、负罪、伤心、恐惧一起涌上心头……

五

第二天一早，阿博第一时间来到了教师办公室。

虽然有些紧张，但阿博还是鼓起勇气走了进去，他向班主任坦白事情的经过，承认了自己的错误，并主动要求扣除分数。

平时和蔼可亲的班主任，此时眉头紧锁，她严厉地批评了阿博，但同时也肯定了他的诚实。

走出办公室，阿博顿时觉得步伐轻快。

自习课，阿博将“压轴题”一口气重做了十遍。写完最后几个字的那一刻，他如释重负，心情出奇的好。

2015年5月18日发表于《深圳青少年报》·中学周刊

发小“飞哥”

一

体育课，子凡打完篮球，开始在校园里闲逛。路过初三的教室，他不经意地往里一瞥，看到一张似曾相识的面孔。

子凡抹抹眼睛，确信自己没有看错——这位身材高大的学长并不正对他，但是那张熟悉的侧脸……确实是飞哥！

飞哥正与朋友有说有笑，没有注意到子凡。子凡想主动打个招呼，却又有些犹豫——打扰别人很不礼貌，而且，万一认错了人，那就更加尴尬了。子凡正踌躇不决，另一位学长发现了他：“你朋友？”飞哥回头一望，皱皱眉，迟疑一会儿，没有回答。

不好，暴露了！三十六计走为上策！子凡一脚为轴，一个漂亮的“篮球式”转身，几步冲到楼下，朝初二教学楼飞奔而去。

回到教室，子凡舒缓着自己因紧张而快速跳动的心脏，心里想："几年没见了，飞哥可能没认出我吧……"

二

飞哥是子凡的童年挚友，名字里有个"飞"字，子凡就给他取了这个外号。虽然听起来有点"混混"的感觉，但在子凡的印象里，飞哥的为人相当不错。

子凡依稀记得，当他只有两三岁时，一家三口还住在外婆家那套老旧的房子里，飞哥一家是他们的邻居。每天早上，子凡最喜欢做的事就是趴在阳台上，瞪着眼睛"监视"飞哥的一举一动。飞哥每天早上都会准时带子凡玩。只要看见飞哥家的门一开，他就会拿起新买的玩具，飞奔下楼。

他们的友情，为没有电脑、没有游戏、没有朋友圈的"三无"孩提时代增添了许多趣味。建基地、斗蟋蟀、捉蜜蜂、寻宝藏……各种各样的新玩法层出不穷，飞哥每次都会给他带来新的惊喜。

记得有一回，子凡在阳台张望了许久，依然没见飞哥出门。心急的子凡没有告诉外婆，自己取钥匙打开防盗门去找飞哥。玩累了，又在飞哥家吃了午饭。回家时，才发现家里来了好几个警察——外婆以为他走丢了，打电话报了警。

飞哥一直把子凡当弟弟看待，遇到什么事都让着他。就在几天前，全家的"餐桌会议"上，子凡的爸爸还偶然提到飞哥："在你很小的时候，小飞爸爸给他买了一个篮球，结果你拿到篮球后就不愿意还了，那可是他的生日礼物呢！他当时很不情愿，想抢回来，你就大哭大闹。"

子凡的脸红到了耳根："后来呢？"

"他把篮球送给你了。"爸爸说。子凡这才想起来，客厅角落里那个已经几年没碰过的旧篮球还在。

上幼儿园后，子凡一家搬出了外婆家。但每个星期六，他都会强烈要求爸爸妈妈带他回去，不仅仅因为外公外婆做的饭菜非常可口，更因为可以与飞哥见面。

再后来，飞哥上小学二年级时也搬了新家。从此，子凡和飞哥再未相见……

刚上初中时，子凡听爸爸说过，飞哥也进了这所中学。但是初一这一年，子凡一直没有见到飞哥。童年的记忆和飞哥的形象，渐渐模糊淡化了。

今天突然又见到了飞哥，子凡虽然很激动，但心里却有莫名的失落感，飞哥的迟疑，飞哥的表情，都让子凡捉摸不透。

三

闲聊中，子凡和爸爸说起这件事，爸爸建议："他也可能认出你了，或许因为你没有跟他打招呼，他也怕认错。看来，你得主动点。"

后来几天，子凡多次见到飞哥和朋友从他面前走过，他仍然不敢打招呼，飞哥似乎也对他视而不见。子凡几次都下定决心想追上去，但总是只有心动，没有行动……

校园艺术节上，爸爸受特邀担任"摄像师"，子凡是主持人，飞哥则是学校摇滚社团的吉他手。

这是一个好机会!

演出结束后，子凡鼓起勇气，走到"候场室"门口。推开门，摇滚社团的三名社员正和飞哥聊得热火朝天。正准备说出口的话，又活生生地被憋了回去，子凡大脑一片空白，赶紧退了回来。

子凡彻底丧失了"斗志"，一脸沮丧，背好书包，和爸爸汇合。

子凡正准备出校门，又遇到了飞哥一行人，他不由自主地停下了脚步。

爸爸见子凡突然不走了，有些疑惑："怎么了？"

子凡指了指前方那个瘦瘦高高的青年："那就是飞哥。"

飞哥也早已注意到了他们，正在朝这边看。

"嗨！小飞！"爸爸主动向他打招呼。飞哥立即走过来，子凡感到有些不好意思。"这是小时候经常和你一起玩的子凡弟弟，那时候你们经常一起玩篮球。"

"我知道，他在'学霸班'，成绩很好。"飞哥有点腼腆，并没有露出喜悦或惊讶的表情。子凡站在老爸背后沉默不语，很不自在。

爸爸及时打破了僵局："子凡也弹吉他，以后你得多教他。"飞哥微微一笑，点了点头。

飞哥简单地道了别，转身走了。看着飞哥的背影，子凡觉得有些失落，但又有些理解。

不知从何时起，子凡感觉到初三与初二的同学之间，仿佛多出了一道屏障；初二与初一也是如此，甚至更严重。高年级和低年级的同学，基本都不往来——这也许就是所谓的"代沟"吧。

四

期末考试结束的那天下午，子凡一边向公交站走，一边低头回想着考试的题目，并没有留意到自己走上了自行车道。突然，子凡的思绪被身后的一声"平地惊雷"打断："子凡，小心！"

子凡猛地一回头——一辆电动车正朝他疾驰过来！骑车人一手扶着车把，一边看着手机，全然没有发现前方的行人。子凡来不及多想，迅速往左一个大跨步，跌倒在绿化带上，万幸，没有受伤。真是好险！如果没有那声提醒，肯定被车撞个正着。

一只大手伸了过来——是飞哥！

“没事吧？”飞哥关切地看着子凡。

“没事。”子凡抓住飞哥的手，飞哥一把他拉了起来。

“那行，快去等车。”飞哥点点头，从子凡身边绕过，离开了。

子凡呆呆地看着飞哥的背影，嘴里嘟囔：“飞哥……”

2015年4月8日发表于《深圳青少年报》·中学周刊

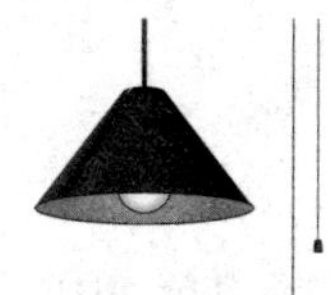

虚　影

夜已深，他侧躺在宿舍的床上，辗转难眠。枕边，一台老旧的游戏机，静静陪伴着他。

他刚踏入高中校园，还不是很适应。初中时，学校离家不远，无须住校。这是他第一次离开家，第一次独自生活。家里的经济条件很一般，但是家庭和睦，其乐融融。

最近几天，他总会梦到父亲。那熟悉的身影和慈祥的笑容，总是一遍遍地浮现在他的脑海里，久久挥之不去……

他翻了一个身，睡意渐渐变淡，沉浸在对父亲的回忆中。

父亲是一名敬业的人民警察，忙于城市的社会治安，平时在家的时间很少。但父亲总会尽力抽出一点时间来陪他。年幼的他，并没有因为父亲的工作忙碌而缺失父爱，还有不少珍贵的回忆。

父亲喜欢泡一杯绿茶，在阳台的茶几上享受难得的休闲时光。当他遇到不会的难题时，总喜欢去请教父亲——在他眼中，父亲就是一个无所不知的“智多星”。他不害怕会扰乱父亲的闲情雅致，因为父亲总是微笑着耐心为他答疑解惑。

父亲是个不善言语的人。难得聚在一起吃晚饭，餐桌就变成了全家人“聊天室”。母亲最爱讲他小时候的趣闻糗事。母亲说，他小时候特别喜欢在父亲身上“撒娇”，记得有一次父亲给他换尿布的时候，他直接尿到了父亲的头上……一席话逗得全家哈哈大笑，他红着脸问父亲：“真有这事？”父亲爽朗一笑：“这种事多了去了。”

那时，电脑游戏在小朋友中十分流行。

母亲非常反对他接触电脑游戏，认为会影响学习，还特意在电脑上设置了密码，除了查资料，从不让他动。父亲的看法不同——适当玩玩游戏，不会有太大影响。但是，父亲和他有约定，每周只允许玩半小时。

他意外地发现，父亲竟然是个“游戏高手”——能轻松破解母亲设置的密码，偷偷和他一起打游戏。母亲发现后，一场暴风骤雨般的责骂扑面而来，父子俩相视一笑，赶紧关掉电脑。

小学三年级，班里开始盛行一款游戏机，价格不菲，他也想要一台。父亲爽快地答应了——但要求期末成绩达到班级前三。这对成绩平平的他来说极富挑战性。但奖品实在诱人，他在学习上比以前更努力、更认真，不会的题目绝不放过……

期末，他的名次是班级第二。

父亲说话算数，当晚就把他梦寐以求的游戏机带了回来。他迫不及待地下载了一款赛车游戏，立刻开始和父亲“竞技”。父亲躲避障碍非常灵巧，他明显处于落后，总是磕磕碰碰，眼看着游戏中的“虚影”车手——父亲保持的最佳纪录，越跑越远。那天晚上的半个小时，父子俩玩得十分尽兴，不亦乐乎……

天有不测风云。初三下学期，传来噩耗，父亲因公牺牲了。

一起抢劫案，一个敬业的警察，一个从背后出现的案犯同伙，一把刀……

父亲，走了。

家里的中流砥柱没了，母亲悲痛欲绝，在很长的时间里精神状态都很差。稚嫩的他，一下子懂事了。他一边怀念着天堂里的父亲，一边开始照顾母亲、努力学习，最终考上了全市最好的高中。

周末，他开始收拾房间的杂物——腾出摆放新的学习用品的空间。一个包装精致的礼盒引起了他的注意，礼盒表皮有些破损，蒙上了一层厚厚的灰。他恍然大悟——这是父亲奖励给他的游戏机！

他激动地为闲置多年的游戏机插上电源，按下开机键，屏幕亮了！轻轻点击着按键，一款游戏跳出来，他瞪大了眼睛———正是那款赛车游戏！

他的心脏剧烈跳动——这游戏机有独特的功能，没错的！他迫不及待地打开游戏……

“太好了！在这里！”他兴奋地大喊大叫。果然没错——游戏机将父亲的游戏最高纪录，完整录像保存下来了！

打开游戏机，他用微微颤抖的手指点击了“开始比赛”，熟悉的开场画面再次呈现在屏幕上：两名车手，一名由他控制；而另一名——身体透明的“虚影”车手，是父亲。

比赛开始！

不得不说，相比于现在的游戏，它太简陋了。父亲的车技也根本比不上现在的他，不一会儿，他就与“虚影”拉开了距离。

终点已经出现在视线中，如果不出意外，冠军非他莫属。这时，他突然感到一阵恐惧——如果他打败了“虚影”，那么最佳纪录将被刷新，他的纪录将覆盖原有纪录，父亲的纪录就会瞬间消失……

他下意识地松开手指。“虚影”渐渐逼近，终于抢先一步冲过了终点……

他小心翼翼地将游戏机放进书包，心里想着，从今以后，他每周都要和“虚影”见面，每周都要对战半小时，每周都要让“虚影”赢。这，也算是一个“约定”吧……

2015年1月7日发表于《深圳青少年报》·中学周刊

蜕 变

阿迪顶着一头黄头发，是个名副其实的“坏学生”，同学们都有些疏远他。

小道消息说，阿迪家里很有钱，他小学时成绩并不好，还经常跟社会上的小混混去泡网吧，逃课、出手打人对他来说都是家常便饭。能进这所名牌中学上初一，是因为他家就住在学校对面。

一

刚开学就军训，阿迪穿了一双名牌鞋，背了一个名牌背包，让全班同学都羡慕了一把——谁让他爸爸是大老板呢！感受着同学们羡慕的目光，阿迪心里暗自得意，但又有些失落。只有他自己最清楚，其实这些都是“地摊货”。

第一节课是国防教育，阿迪跷着“二郎腿”，旁若无人地在教室里玩手机。

从门口走进来一位身材极不匀称的军官——全身肥肉，走一步就得抖几下。他的脸上堆满了灿烂的笑容，与他的身材“组合”起来，宛如一位“笑面佛”。同学们都被这一幕逗笑了，唯独阿迪一人看都不看他，埋头继续玩自己的手机。

“笑面佛”看着这位染了黄头发的高个子男生，便心里有数：看来又是一个棘手的家伙。

“第四排左数第三名男生，你在玩什么？”“笑面佛”声音很洪亮。

阿迪不以为意：“玩手机。”

“笑面佛”几步走上前：“把手机交上来，让我帮你保管几天。”

阿迪没有答话，仍盯着手机屏幕。“交上来，听到没有？”“笑面佛”有些生气了，脸上的笑容荡然无存。

眼见阿迪依然没有动作，“笑面佛”便伸手去抢，阿迪却早就做好了准备，使出了“无影手”，任凭“笑面佛”动作麻利，硬是拿不到手机。

两人都不甘示弱，拉锯战持续了好一会儿。阿迪突然大呼一声：“给你！”就将手机扔了出去。“笑面佛”哪想到阿迪会来这么一招？一时间没有反应过来，手机在空中划出一道白色的弧线，直接撞上了第二排阿果同学的后脑勺，顿时鼓起一个大包。阿果摸着脑瓜，万分委屈——只是坐的靠前一点，招谁惹谁了啊！

“笑面佛”快步走到阿果身边，轻轻地拍了拍他的肩头。阿果一脸的委屈，盯着“笑面佛”，眼泪在眼眶里打转，但硬是忍住没有哭出来。

二

军训的第二天，同学们按要求统一理成平头。

这可苦了“笑面佛”——阿迪那家伙态度十分强硬：头可断，

血可流，头发不能少！“笑面佛”亲自出马，把阿迪拽到了理发室。另一名教官正帮其他同学理发，看着满地飘落的头发，阿迪心中有一种莫名的恐惧。“我好不容易留的头发，绝对不能剪！”阿迪大喊大叫，可是大家都没有理会他。

终于到阿迪了。他挣扎着又要逃跑，却被“笑面佛”紧紧地抓住，按在了椅子上。只见教官挥舞起银光闪耀的大剪刀，“快刀斩乱麻”，几下就将阿迪头上的“黄毛”理得干干净净，动作干净利落，简直媲美专业发型师。阿迪只感到头上一阵清凉，几撮黄发从眼前飘然而下。

回到宿舍，阿迪立刻开始收拾东西：“这垃圾地方，我一秒都不想再待了！”他告诉大家，他准备中午翻墙逃出军训基地。同学们以为阿迪只是开玩笑，可没有想到，阿迪竟然真的准备当“逃兵”！

午休时间，阿迪背着书包，扛着几把椅子来到了基地的围墙，这是最高的一堵墙，足足有两米！翻过这堵墙，外面就是一条公路。同学们都凑在宿舍门口看热闹，想见识这位“英雄”是怎样逃跑的。

只见阿迪在椅子上叠上了另一把椅子，接着又叠一层……椅子的高度已经足以支撑阿迪翻出围墙了！这时，一位教官从对面的厕所出来，正好目睹了这一幕。教官也没想到会有学生当“逃兵”，当场就愣住了，直到阿迪从围墙上跳下去，他才如梦初醒，一路快跑来到了总教官室，将此事报告给“笑面佛”。

“笑面佛”开着车，尾随着阿迪乘坐的计程车，来到了一个小区。一位白发苍苍的老奶奶坐在石凳上，她饱经风霜的脸上看上去有些凄凉和孤独，阿迪下了计程车，径直走向那位老人。老人看见阿迪，脸上多了几分喜悦：“阿迪，你怎么回来了？”

“奶奶，我想你了。”阿迪轻轻地说，与之前的“坏学生”判若两人。

身后传来刹车声，阿迪回头一看，是“笑面佛”！他赶紧躲到奶奶背后。

奶奶愣了一下，随后迎上去拉着“笑面佛”的手：“如果他是偷偷跑出来的，那就请您赶快带他回去吧，这真是个不省心的孩子。”奶奶又转过头，对阿迪说：“你爸又当爹又当妈，你可不能做对不起他的事啊……”

“笑面佛”看着眼前这一切，仿佛明白了八九分。

三

同学们都想不通，为什么在“感恩活动”中，那么多人举手想当“领袖”，“笑面佛”却偏偏选中了连手都没举的阿迪。

“领袖”的责任是代替同学们接受惩罚。“笑面佛”让同学们跟着口令做出相应动作，做错一个，“领袖”将围绕着操场跑一圈。如果有一位同学做错了还不愿承认的话，“领袖”就得围着操场跑两圈！

阿迪知道“领袖”将要代替同学们接受惩罚，但他没有拒绝，毅然站到了队伍的前面。“笑面佛”下达的第一次的口令是连续动作“跨立、立正、向左转、向右转”，全班没有几个人顺利完成。

倒霉的自然是阿迪了。“笑面佛”惩罚阿迪围绕操场跑五十圈！这对一个中学生来说，绝对是一个不可能完成的任务。但他没有半句怨言，迈开步子，绕着操场狂奔起来。同学们吃惊地看着阿迪，这位让同学们多少有些讨厌的男生，为了大家，竟然肯绕操场跑五十圈。自己的过错，却要让别人承担，这对同学们来说，无疑是一种折磨。

突然，阿迪毫无征兆地摔倒在地，他的膝盖被地面磨破了。而罪魁祸首竟是那双帅气的名牌鞋——名牌鞋的鞋底因承受不了奔跑而脱落。同学们立刻冲上去，扶起“领袖”。阿迪感受到了来自膝盖的剧痛，但他也第一次体会到了为大家努力的快乐。同学们一个接一个的深深地拥抱阿迪。

“笑面佛”招招手，让阿果跑步过来：“阿果，把你的鞋借给阿迪。”

阿果明显有几分不情愿。阿迪曾把他后脑勺砸出了一个包，再说，鞋给他，自己穿什么呀？

在“笑面佛”的催促下，阿果无奈地脱下了自己的运动鞋，慢吞吞地递给了阿迪。

“笑面佛”小声地对阿果说：“别丢人了，大不了我给你买双新的。”

阿果一听这话，脸上顿时多云转晴，高兴地冲“笑面佛”大喊：“谢谢爸爸！”

同学们听见这句话，都回头望向阿果。阿果突然意识到自己说错了话，连忙捂住嘴。阿迪怔怔地看看“笑面佛”，又看看赤脚的阿果，愣住了……

四

军训结营，“逃兵”阿迪被评为“军训标兵”。

后来，“调皮鬼”阿迪和同学们关系融洽，学习成绩慢慢地上升了。

再后来，“坏学生”阿迪当上了副班长，成了老师的得力助手。

原载于《新作文·初中生适读》2014年第01、02期合刊和《校园风尚》2014年第04期，入选《2013中国年度少年作家作品选》

第四辑

拉绳开关

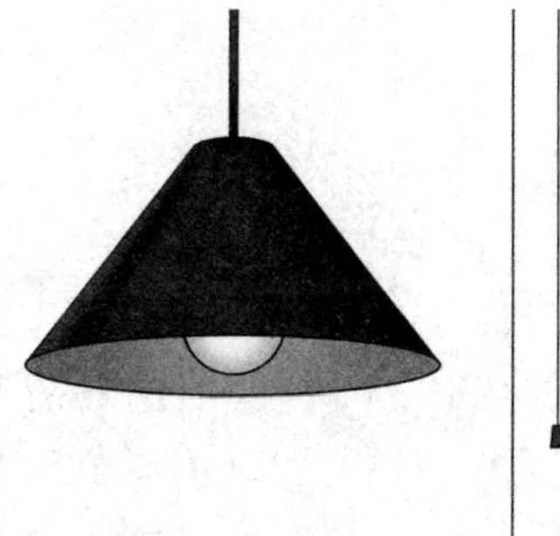

教　官

军训教官姓谌，个子不高，身材魁梧，古铜色偏黑的皮肤，透着阳光的味道。

教官总是板着一张脸，好像全世界人都欠他钱似的，对我们的训练严格得有点过分，私下里也从不跟我们说笑。我暗自思忖，这当兵的，咋就一点人情味儿也没有呢！

一

谌教官首先教我们整理内务。他先将床单发给我们，再一步一步地教我们怎样铺好。“五分钟后我来检查，如果有一个人不合格，你们全部绕着操场跑二十圈！”教官吼了一声，转身出门。

我们到底是有点害怕的，立马把床单铺得整整齐齐，还用衣架将上面的“皱纹”刮平，大家的床单看起来都非常整洁。

五分钟后，谌教官果然来了：“你们整得怎么样了？”他走进了我们的宿舍，只看了一个同学的床单，就大叫起来：“这是谁的？根本没有按照我教你们的方法整理！”说着，将那位同学辛苦铺好的床单扯起来。

后果可想而知，我们被罚跑二十圈！回到宿舍，大家都累得气喘吁吁。

谌教官又教我们收拾行李：“行李要放床架下面，拖鞋和洗漱用品放进水桶，我十分钟后来检查，没有收拾好的，一律丢出去！”

大家一边赶紧收拾，一边轻声讨论教官。还真有两位不信邪的，居然慢悠悠地唱起了《江南style》。正唱到高潮部分，教官突然来了：“你们收拾好了没？”

唱歌的两位，赶紧埋头收拾，想“临时抱佛脚”。教官一看，二话不说，立刻将那两名同学的行李、拖鞋、水桶统统丢出了门外。

还真丢啊！我小心翼翼地探头往门外一看，哎呀，对面宿舍的女生比我们还惨，基本上无一幸免，行李全被丢出来了。

二

晚饭前，总教官宣布：“七点所有连队到饭堂集合，看电影。”“耶！”大家都欢呼起来。

“别吵吵，要不然晚上你们就别来了！”谌教官瞪了我们一眼。

饭后，我们安安静静坐在宿舍里，焦急地等待教官。

大家都按捺不住兴奋的情绪，悄悄谈论是一部什么影片。不一会儿，班主任老师突然来到了我们的宿舍：“小刘和小谢哪去了？”

“小谢在那！”我们将他推了出来，老师和小谢说了几句话，又带着他走到对面的女生宿舍找到小刘。三个人一起，拐了一个弯，去了教师宿舍。

六点五十分，谌教官来了，我们立即在门外排好队。

“还有两个人去哪了？”谌教官点完人数后问。

“他们被老师叫走了。”一位同学回答。

“除了去比赛的三个同学给我请了假，这两个同学是擅自离队。他们什么时候回来，我们就什么时候走。九点半不回来，我们就解散。”谌教官很不高兴，说话的音量提高了不少。

这真是一个漫长的等待过程，我们能听见两位同学在教师宿舍大声说话，就是不见他们出来。

三分钟、五分钟……大家急得像热锅上的蚂蚁。“男厕所有个通风口，正好可以通到教师宿舍……”不知是哪位同学悄悄放出风声。

“报告，小便。”三名男生急中生智，在得到教官允许后，趁上厕所的机会，合力对着通风口大喊了几声：“小谢——小刘——”

终于，八分钟后，老师带着两名同学归队，并和教官耳语几句，教官才带着我们去看电影。来到饭堂，电影已经放了一半了。至今，我也不知道这部电影的片名。

三

广播体操、交警指挥操、武术操和“入场式”，是军训主要课程。尽管这几天几乎都在下雨，可训练不能停止，所有班级都费尽心思要在军训“汇报表演”中一争高下。

谌教官也带我们冒雨训练，淅淅沥沥的雨淋着，刺骨的寒风吹着，大家都冻得瑟瑟发抖。

雨势较大时，教官就让我们在训练棚下练习军姿、蹲姿和广播体操。同学们都是好动的人，又被这突如其来的“鬼天气”折磨得不太耐烦，练习站军姿的时候，多数女同学都会趁教官不注意乱动。

最调皮的要数小黄和小钟两位同学了。她们时而摸摸自己的鼻子，扯一下别人的衣服，还会趁谌教官从身后经过时，朝他吐吐舌头，搞搞恶作剧。

终于盼到了“汇报表演”，同学们都显得十分兴奋，想表现好一点，争取夺得“优秀连队”的荣誉。

随着“进行曲”雄浑的音乐响起，第一项“入场式”开始了。我们比以往任何一次训练都做得到位：高抬的膝盖、整齐的步伐……突然，我们队伍里传来一阵嘈杂声，原来，小黄和小钟两位同学又在队列里捣乱，她们对其他队友的批评还不服气，边行进边小声争吵。

“汇报表演”结束了，大家都急切盼望着总教官宣布结果。

“课外实践活动汇报表演到此结束，这次的优秀连队是——”大家的心都提到了嗓子眼儿——“一连和八连！”

“啊？”没有我们五连，大家都很奇怪。“我们分数明明比八连要高啊！”好几名同学急得对谌教官直嚷。

“那你们得‘感谢’前面两位同学。”谌教官满脸不高兴。原来，小黄和小钟在入场式上争吵，主席台的教官看得清清楚楚，他主动要求取消了我们班的评优资格。

“优秀连队”泡了汤，我们一肚子的委曲。

四

早餐时间，大家都食欲大开。

一盆馒头刚刚上桌，八个人就争先恐后地的展开“进攻”，十多个冒着热气馒头，转眼间只剩下了两个。

今天“团营式”后，就要回到温暖的家了。大家边吃边小声讨论，主题是“回家第一件事做什么”，有的说要好好洗个澡，有的说得吃点好东西。

谌教官不知什么时候出现在我对面——小王同学身后。

饭间是不能说话的，但谌教官与前几天判若两人。他只是看了看餐盘，转身离去了。同学们都觉得这很不可思议，又悄悄议论开了。有的说他是向总教官报告去了，小王觉得他是去找根小棍子来“教训”我们。

不一会儿，谌教官背着手来到餐桌旁。大家都有点担忧：看教官背着手，多数人都觉得应该和小王说得差不多。就在大家忐忑不安时，教官变戏法似的端出一个餐盘放在桌上，里面有六个热气腾腾的馒头。

大伙恍然大悟：原来谌教官看我们不够吃，去给我们拿馒头啊！那一刻，我心里有些愧疚，觉得误解了他。

上午九点，离“团营式”还有十分钟。其他教官已经端坐在主席台，准备观看我们的表演。谌教官还一直在我们的队伍里，拉拉这个人的腰带，整整那个人的衣领。站我旁边的小李把衣服扎进了裤腰里，谌教官走过来，帮他重新整理好。谌教官提醒我们：“不要紧张，正常发挥就行。”他说话声音很轻，完全没有前几天下命令的感觉。

汇报表演结束后，按照流程，我们将收拾好行李，脱下心爱的军装，换上自己的衣服坐车回家。班主任老师组织我们列好队，依次上车。

五

我透过车窗，在人群中寻找谌教官的身影。

车门处，教官一个接一个送大家上车。小李的个子小，带的行李又太重，教官一把接过来，帮他安放好。

汽车开动了，同学们隔着玻璃，一起向谌教官高声说“再见”，谌教官忽然立正，向我们行了一个标准的军礼。

我努力控制自己，没让眼泪流下来。回头一看，小黄和小钟两名女生，相拥在一起，早已哭成了泪人儿。

原载于《马小跳》2013年第05期、《快乐阅读·语丝》2013年第04期

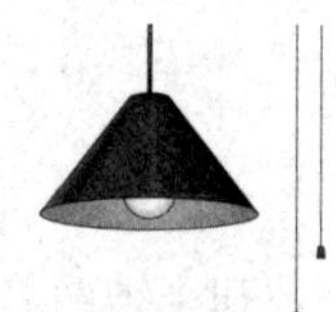

薄荷的味道

阿晋是一个转校生。

在爸爸的安排下，阿晋只能与共同度过了一年中学时光的同学分别，来到这所重点学校读初二。他难以理解爸爸的做法，在他看来，一年的同学友谊要比这“高大上”的学习环境重要许多。

阿晋和众多的中学生一样，总会有这样那样的一些“小毛病”。比如，他从小就讨厌薄荷，讨厌薄荷带来的强烈刺激。那种感觉总会让他头皮发麻，甚至会觉得有些反胃，每当他不小心吃到含有薄荷味的食品，不管在任何场合，他总是忍不住要吐出来。

面对新学校、新老师、新同学，阿晋的态度极其冷淡，并且在内心深处，他十分讨厌他们——他本该和哥们儿在球场上飞奔，本该在课堂大声回答老师的提问……而这一切，都成为泡影，他再也不能回到原来的学校了！

同学们主动向阿晋请教问题，他置之不理。老师问阿晋是否参加征文比赛，他拒绝了……渐渐地，同学和老师们仿佛忘记了他的存在，下课没有人找他玩，上课也没有老师再提问过他。阿晋却暗自开心——现在的一切，正是他想要的。

但有一个人，让阿晋很困惑——那个高个子男生——班长，总是在他遇到困难时第一时间站出来。有一次阿晋没认真完成作业，班长竟然帮忙找“理由”应付老师。尽管他多次用不屑一顾的态度“警告”班长，但班长却“乐此不疲”。课间十分钟，班长凑过来，递给他一颗薄荷糖，阿晋只瞟了一眼，便转身离开了——他讨厌薄荷！

星期四的体育课。阿晋在操场上飞奔，丝毫没有留意前方损坏的排水孔……一脚踏空，他的左膝盖狠狠地磕在塑胶跑道上，鲜血将蓝色的校裤染红了大片，拉起裤腿，伤口血肉清晰可见。

阿晋强忍着剧痛，佯装没事！他知道，以自己平时的处事态度，这会儿肯定没人管他。事实也是如此，在场的同学围在旁边看热闹，没有一个上去扶他。

那一刻，阿晋忽然感到自己非常无助。这时，一个身影走出人群——是他！大个子班长迅速背起阿晋，向校医务室走去……

阿晋躺在病床上，膝盖上缠着厚厚的纱布。医生说他的膝盖伤得很重，需要住院观察一周。

除了担心学习外，阿晋心里还一直惦记着另一件事——班长为什么会这样待我？我对他很不友好……

病房的门被推开，正是班长。班长拿了张凳子，挨着病床坐下。

阿晋沉默许久，终于开了口：“班长，以前，对不起！”

班长一愣，哈哈大笑：“我理解你，我也是七年级下学期转到这所学校，当时也很不习惯。”

班长仿佛突然想起一件事似的，“这是同学们送给你的。”边说边从书包里拿出一大沓卡片。

“晋哥，轻伤不下‘火线’！”“祝阿晋早日康复！”……阿晋一言不发，仔细阅读四十多位同学写下的祝福，再想起自己在班上曾经的表现，他感到有些无地自容……

“我没写，我送你这个”，班长一脸灿烂地笑，从口袋里摸出一颗糖递给阿晋——薄荷糖，阿晋稍稍迟疑了一下，接过糖，打开纸，将糖含在嘴里仔细品味……

原载于《文学校园》2014年第05期

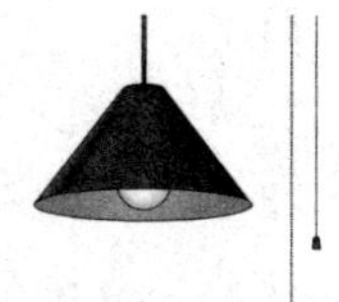

四季罢工

春、夏、秋、冬四个季节，被玉皇大帝派驻到人间。由于性格各不相同，对待事情的态度大相径庭，所以，他们经常为一些鸡毛蒜皮的小事吵吵闹闹，有时甚至大打出手。这不，今儿又出乱子了。

一

“报！”太上老君拿着一封信，行色匆匆地来到玉皇大帝的宫殿。他跑得太急了，还没来得及将信呈给玉皇大帝，就被一块石头绊到了脚，在玉帝面前摔了个“狗吃屎”。

太上老君感到玉帝的怒火正在慢慢地袭来，连忙爬起来：“报！人间送来一封求救信，请玉帝过目。”

“什么信啊？”玉帝还没开口，站在一旁的孙悟空却先问了。

“弼马温，你先退下，这里没有你的事。”玉帝对孙悟空说。

玉皇大帝接过信，读了读内容“……四季罢

工，人间苦不堪言……什么？”玉帝勃然大怒，“这四个捣蛋的家伙，平常闯闯乱子就算了，居然还集体罢工！十万天兵天将，立刻前去捉拿四季！”

“大王，”太上老君说，“四季罢工，并非它们愿意的，最近人类正在疯传‘四季谁做老大’的说法，他们四个一听，才集体罢工，好抽出时间，来争做老大。”

“那怎么办？”玉帝说，“你也知道，要是人间出了乱子，我玉帝宝座可就不保了，而你的职位也会换人了。”

心情刚刚平静的太上老君，一听这话，立刻瞪着眼睛，蹦了起来：“小臣现在就去跟四季说说，让他们赶快继续工作。”说着，太上老君飞一般地冲出宫殿。

二

太上老君打着一把雨伞，来到了四季的住所门口，一推开门，一阵“暴风骤雨”将他吹得翻了好几个跟头。原来，四季正在大声争吵。虽然此时晴空万里，但是他知道，打一把伞是非常需要的。

四季一见太上老君，转眼间变得和颜悦色，马上阿谀奉承起来：“老大，最近你又年轻了，一条皱纹都看不见了……”“老大，要不要我给您捏捏肩啊？”……

太上老君将沾满唾沫星子的雨伞收起来，官威十足地说道：“听说你们几个，最近集体罢工了？”

“不不，我们只是……”冬有些词穷。

“我们是想休息。”夏赶忙说道。

“对对……我们只是想休息几天。”其他三季立刻附和。

“那你们为什么几个星期都没去上班？是不是想扣工资？”太上

老君瞪圆了双眼。

四季同时指向各自身边的同伴，异口同声地说：“都怪他们，不服从我的安排。”说着说着，四季又开始乱哄哄地吵开了。

太上老君一看场面不好收拾，赶紧拨通“远程卫星移动电话”，向太白金星求助。

太白金星得知原委，果然支了一“招”：“听说在人间值班的月亮和太阳能说会道，你找他们帮帮忙，也许还有挽救的余地。”事不宜迟，太上老君马上驾着云朵，前往太阳和月亮的值班室。

“太阳！”太上老君喘着粗气推开大门。正在打游戏的太阳压根就没想到会有人突然闯进来，大脑一片空白，随后忽然清醒了：“对不起，领导，我不该在上班时间打游戏，但是游戏实在是太吸引人了，你看你看，这画面，多有美感，这人物，多霸气，你看这装备……”

“行了行了！”太上老君不耐烦地推开太阳，“四季现在正在吵架，你和月亮去劝劝他们，我替你们值班。”

太阳哪敢迟疑，马上把游戏机放在桌上，将正在睡觉的月亮叫醒，一起前往四季住所。

三

太上老君待在值班室，眼神飘忽不定，刚好瞄到太阳的游戏机上，他双眼一亮，拿起游戏机。

没过多久，值班室的门开了，来者是脸部肌肉抽搐的太阳和月亮，太上老君定了定神，问道：“你们活干完了？说说情况。”

“是啊，我们把四季劝回去工作了。”太阳看着手拿着游戏机的太上老君，明白了八九分，心想：这老小子肯定经常这样干。

“他们想争谁是老大，但是没有考虑到孤掌难鸣。春让万物复苏、植物发芽；夏使天气变热、下雨让植物成长；秋让植物成熟、产下果实；而冬，令万物冰封，将种子的生命力保存到来年春季。”

“然后呢？”太上老君不解地问。

“然后就简单了，让它们轮流单独测试自己的能力。没有春，夏和秋的能力白费了，没有夏，秋也使不上劲儿……”月亮抢过话头。

“原来如此！”太上老君恍然大悟，“四季就像环环相扣的链子，断了一扣，就会全部散架！”

太阳和月亮频频点头：“我们按照植物的成长规律给他们排了序——春、夏、秋、冬。”

太上老君举起大拇指：“老弟们，没看出来啊。”

太阳和月亮听了这话，都沾沾自喜。

四

太上老君准备打道回府了，太阳望着他手上的游戏机，小心翼翼地问：“Boss，能把游戏机还给我吗？”

太上老君爽快地将游戏机丢在桌上，转眼间就没影了。太阳乐呵呵地拿起来，发现下面压着一张纸条，上面写道：“太阳老弟，别再玩物丧志，要努力工作。你的游戏，我已经替你删了。你的Boss”

原载于《校园文摘》2015年第02期

龙　哥

“龙哥”，是一个女孩儿，我的小学同桌。

同学们喜欢称她为“龙哥”，因为她发型像男孩，做派像男孩，甚至连兴趣爱好也和男孩十分相似，平时和男同学来往较多，所以大家都“尊称”她为“龙哥”。

“龙哥”和女生相处融洽，男生也很愿意和她来往，在我们那个“男女授受不亲”的班上，她是人缘最好的同学之一。我有幸跟她做了一年同桌，我认为用十二个字可以形容自己所认识的“龙哥”：乐于助人，沉稳大气，谈吐不俗。

“龙哥”乐于助人，她不喜欢热衷于骂脏话、传绯闻等向大家灌输“负能量”的同学，但如果这些同学碰到困难，“龙哥”也会第一时间赶去帮助。“龙哥”还是老师的“左臂右膀”，在老师需要帮助的时候，她总会最先冲到老师面前。“龙哥”乐于助人的优点，得到了各科老师的肯定，新老师刚进入我们的班级，记住的第一位同学往往就是“龙哥”。

“龙哥”很幽默，与同学们交谈时，常常把大家逗得捧腹大笑。而且她很注重自己的言行举止，从不说粗口；与老师交谈，“龙哥”的语气总是幽默中不失严谨，大家听着都非常舒服。

“龙哥”的独立性很强，如果碰到了困难，她不会立刻求助别人，先自己思考一阵，确实超出了自己的能力范围，才会向他人求助，不管别人有没有帮到她，她总不忘回一句“谢谢”，同学们都很乐意帮助她。

六年级开始，同学们彻底划分了“派系”：“学习派”、“玩乐派”、“中立派”。不知怎的，全班开始像打了鸡血般疯狂地传“绯闻”。虽然“龙哥”与世无争，但是仍有人因妒嫉她的人际关系，私底下传她的“绯闻”。

有一位“玩乐派”的女同学L，在一本笔记本上写下了所有人（除了她自己）的名字。并“精心”地为每一个名字“牵线搭桥”。当然，“龙哥”和我也不例外，被L同学传为“龙马精神”。这件事在班上传开了，并引起了大家的“高度重视”。

我当时有些沉不住气，想冲上去跟L理论，但洒脱地“龙哥”摇摇手：“不理他们，过段时间，他们认为无聊就没事了。”果然不出几日，“绯闻”慢慢地在同学们中消失了。我们也清静了下来，在难得的宁静中加紧复习，期末考中都取得了优异的成绩。

上中学后，我很少和“龙哥”联络了。但是，小学的美好回忆却牢牢地刻在了我的脑海里，我为有“龙哥”这样的同学感到幸运，跟她同桌，我学到了很多很多……

原载于《广东第二课堂》2013年第12期和《阳光姐姐·课外生活》2014年第07、08期

远　方

小夏上大三，一周的社会实践，选题得到老师肯定后，他独自搭上了开往老家的高铁。

父亲在“朋友圈”发的打油诗在小夏脑海里翻涌：“白帝彩云间，脐橙遍地山，天下奉节有，硬是蜜蜜甜。”这分明在为新鲜的脐橙打广告，他会心一笑。

一

从小夏记事起，他就住在爷爷奶奶的老房子里。

老房子有些陈旧，但比起周围的小土房，又十分高大气派。爷爷喜欢抱着年幼的小夏，搬把老藤椅坐在房门前乘凉。

心情一好，爷爷就打开了话匣子，给小夏讲那些陈年旧事。“小夏，你知道不？这房子可是爷爷我自己建的！当年费了老大劲呢……”“这故事你都讲了多少遍了！整天跟个小娃娃一样！”戴着老花镜，正在织毛衣的奶奶总想找机会说爷爷两句。爷爷也不生气，嘿嘿一笑，仿佛在闹着玩。

老家的脐橙远近闻名。老房子附近，就有一片茂密的脐橙林——这是爷爷多年精心打理的。每年11月下旬，橙林便挂满了饱满的果实，远远望去，仿佛披着一件黄金色的外衣。爷爷经常给邻居送些脐橙，因此得了个“果叔”的美称，他也欣然接受。

乡下生活融洽而安宁，小夏在这里度过了一段美好的时光。

小夏上一年级时，父亲突然决定到城里去打拼，一方面为了让小夏接受更好的教育，另一方面，父亲也想走出乡村看看外面的世界。

二

初到城市，一切都变得十分陌生。

马路上咆哮的汽车，肆意闯红灯的行人，见面却形同路人的邻居……飞快的生活节奏，让他们感到很不适应。

城市对三个乡下人并不友好。因为没有足够的学历与经验，父亲找工作四处碰壁，还险些被拉去做传销；不过，凭着骨子里的那股韧劲，父亲硬是咬牙挺了下来。

电视新闻里，“扶不扶”、“苏丹红”等话题，在这个城市仿佛成了司空见惯的事……

爷爷奶奶身体也不再硬朗，有一天晚上爷爷肾结石复发，痛得在床上打滚，硬撑到第二天才去医院看病。

“什么时候回老家啊！”小夏不止一次问父亲。父亲总不说话，以沉默作答。

如愿以偿过上了曾憧憬的城市生活以后，小夏心里却仿佛罩了一层浓浓的愁云。

春节，小夏随父母回到老家。爷爷奶奶早就准备好暖炉，做好一大桌菜肴，一家人享受难得的欢聚时光。

时常有邻居来串门，送来许多美味——香肠、腊猪脚……儿时玩伴也没有忘记“孩子王”，听说他回来了，跑到老房子外大喊：“小夏，快出来玩啊！”熟悉的乡音、质朴的人们，为小夏平添了几分暖意。

美好时光总是很短暂，转眼间，又到了离家的日子。小夏望着车窗外爷爷奶奶蹒跚的身影渐渐远去，一阵心酸荡漾开来……

三

小夏上大学后，父母辞去城市的工作，回到了乡下。

父亲将几年打拼的积蓄倾囊拿出，和爷爷一起办起了果园。改良土壤、嫁接果枝、培育新苗……生意越做越好，“果叔农庄”的名号就在十里八乡传播开来。父亲充分利用城市的人脉和互联网新媒体，成功地将自家种植的脐橙推广到全国各地。

前不久，父亲快递一箱脐橙给他，寄来的还有一封信：“当初为了生活，我们离乡背井去远方……为了求学，你又去了远方……橙子熟了，回来尝尝吧，爷爷奶奶想你！”小夏拿起一个橙，剥开表皮，橙汁顿时迸射出来，浓浓的橙香一直甜到心里。

四

列车稳稳地停靠在脐橙之乡——奉节站，小夏跳下车，心情大好，明媚的阳光下，那些儿时熟悉的景色还在。

出租车开得很快，不一会儿就远远地望见爷爷的老房子了。在房前拐了弯，司机径直开向了不远处的果园。

“果叔农庄”门口，已经能看见满树沉甸甸的脐橙。饱满的脐橙仿佛一个个小皮球，顽皮地垂在枝头，阳光下，散发着金黄色的耀眼光芒。

“父亲就是从远方回归故乡创业成功的杰出代表！”尽管小夏早已选定了调研课题，这一瞬，他仍然激动不已。

小夏轻轻踱进果园，他想给庄主们一个惊喜。

收入叶圣陶杯全国新作文大赛《全国十佳小作家获奖全集》

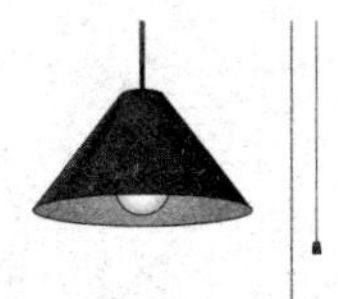

拉绳开关

放学回到家，天已经黑了。

开门进屋，换好拖鞋，伟仔照例走到客厅，在茶几的右侧寻找那条“拉绳”。

摸了半天，没有找到，伟仔惊奇地发现那个老式的“拉绳”电源开关，已经换成了便捷的三相电源转换按钮。

伟仔家比较富裕，住的是复式房。一家三口中就数他的个子最高——父亲身高1米6，母亲只有1米5，年底他才满十四岁，却长到了1米75，不但身材匀称，还是学校篮球队的主力。

在伟仔的记忆里，家里的家具换了好几套，可不知道为什么，客厅、卧室、卫生间，所有照明灯的开关，全都是一成不变的老式“拉绳”款式。

从天花板上垂下来的一条细长“拉线”，对伟仔来说可是个很新奇的玩意儿。他经常尝试着跳起来拉“拉绳”，玩得不亦乐乎。

于是在两岁时，父亲交给伟仔一个“重要”任务——每天晚上负责打开屋子里的灯。清脆地“咔嚓”一声，满屋子就亮堂堂的了。开灯，让伟仔特别有成就感！

家里有很多灯。为了完成开灯任务，伟仔楼上楼下满屋子蹦蹦跳跳，身高够不着，他就鼓足劲，一遍又一遍努力跳起来，经常玩得满头大汗，当然，有时也累得两腿酸痛。

三岁时，伟仔个子长高了一大截，只需轻轻踮起脚尖，就能轻松够到“拉绳”，每天晚上的“开灯任务”自然也减轻了不少。正当伟仔为此高兴时，“拉绳”却莫明其妙地短了一大截！离地的高度正好是他跳起来能够达到的。伟仔并不知道，是父亲悄悄做了“手脚”——将拉线打了几个结。

伟仔还得跳起来开灯。跳起来拉开关，不好把握力度，一不小心，脆弱的“拉绳”就会崩断，他因此拉断了好几根“拉绳”。父亲也早就做好了准备——买回了很多的备用“拉绳”，只要被拉断，父亲就会换上新的“拉绳”。

伟仔对父亲的这些做法十分不解。父亲说，每个家庭成员都要完成各自的任务，而每天晚上开灯，就是伟仔的任务。伟仔虽然疑惑，有时还极不情愿，但不得不按照父亲的安排去完成。

随着伟仔年龄的增长，每条“拉绳”打上的结，也越来越多。拉“拉绳”，已经成为伟仔每天必做的几件事之一，回到家，不用父亲提醒，他会自觉地开灯。到昨天为止，伟仔已经拉了整整十年的“拉绳”。

今天放学回家，“拉绳”开关全部换成了时尚而又便捷的转换按钮，这对伟仔来说，就像一个陪伴了自己十年的好伙伴，一声招呼也不打突然离去，伟仔感到不习惯，有些怀念，甚至有些失落。

这时，大门打开了，父亲穿着一身笔挺的西装，手拿公文包，走到鞋柜前，换上拖鞋。

伟仔急不可待地迎上去：“老爸，开关怎么被换掉了？”

父亲微微昂起头，认真看着伟仔，一脸灿烂的笑容，一字一顿地对他说："因为，你小子现在已经长得够高了！"

原载于《文学校园》2014年第05期

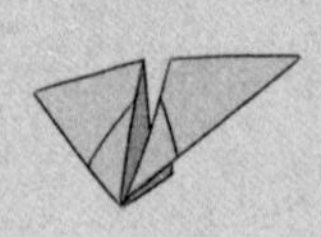